Ein wahres Christie-Festival: Miss Marple, die skurrile Lady mit dem gesunden Menschenverstand kennt jedes Verbrechen bereits aus ihrem Heimatort St. Mary Mead. Der geheimnisvolle Mr. Quin und sein Adlatus Mr. Sattersway, deren Interesse den Liebenden gilt, lösen jeden Fall. Und der brillante Detektiv Parker Pyne bringt auf subtile Weise auch den raffiniertesten Verbrecher zur Strecke – ein geradezu mörderisches Lesevergnügen für alle Liebhaber verzwickter Kriminalrätsel.

Agatha Christie schuf als »Queen of Crime« den modernen britischen Kriminalroman. Die Autorin von 73 Krimis, zahlreichen Kurzgeschichten, zwanzig Theaterstücken, einer Autobiographie, einem Gedichtband und – unter ihrem Pseudonym *Mary Westmacott* – sechs Romanzen gilt als die meistgelesene Schriftstellerin überhaupt. Doch Agatha Christie war auch eine fähige Archäologin, Apothekenhelferin und Krankenschwester. Die Erfahrungen und Beobachtungen, die sie in diesen Berufen machte, verbanden sich mit der lebhaften Phantasie, die schon die junge *Agatha Mary Clarissa Miller* aus Torquay auszeichnete. Kombiniert mit psychologischem Feinsinn, skurrilem Humor und Ironie wurde daraus die Agatha Christie, wie wir sie kennen. Sie starb im Alter von 85 Jahren am 12. Januar 1976.

Unsere Adresse im Internet: www.fischerverlage.de

Agatha Christie

Die Mördermaschen

Fischer Taschenbuch Verlag

Veröffentlicht im Fischer Taschenbuch Verlag,
einem Unternehmen der S. Fischer Verlag GmbH,
Frankfurt am Main, April 2009

Copyright der einzelnen Geschichten:
»Miss Marple erzählt eine Geschichte« – »Miss Marple Tells a Story«
© 1939 Agatha Christie Limited (a Chorion company).
Aus dem Englischen von Maria Meinert
»Ein seltsamer Scherz« – »A Strange Jest«
© 1950 Agatha Christie Limited (a Chorion company).
Aus dem Englischen von Maria Meinert
»Die Stecknadel« – »The Tape-Measure Murder«
© 1950 Agatha Christie Limited (a Chorion company).
Aus dem Englischen von Maria Meinert
»Die Hausmeisterin« – »The Case of the Caretaker«
© 1950 Agatha Christie Limited (a Chorion company).
Aus dem Englischen von Maria Meinert
»Die Perle« – »The Case of the Perfect Maid«
© 1950 Agatha Christie Limited (a Chorion company).
Aus dem Englischen von Maria Meinert
»Die Uhr war Zeuge« – »The Love Detectives«
© 1930 Agatha Christie Limited (a Chorion company).
»Der Stein des Anstoßes« – »The Regatta Mystery«
© 1939 Agatha Christie Limited (a Chorion company).
»Ein guter Freund« – »Sing a Song of Sixpence«
© 1934 Agatha Christie Limited (a Chorion company).
Aus dem Englischen von Karl H. Schneider
All rights reserved.

Für die deutschsprachige Ausgabe
© S. Fischer Verlag, Frankfurt am Main 2009
Gesamtherstellung: CPI – Ebner & Spiegel, Ulm
Printed in Germany
ISBN 978-3-596-18219-0

Miss Marple erzählt eine Geschichte

»Ich glaube nicht, meine Lieben, daß ich euch je die ziemlich seltsame Geschichte erzählt habe, die vor ein paar Jahren passiert ist. Weder dir, Raymond, noch dir, Joan. Ich möchte auf keinen Fall eingebildet erscheinen ... Natürlich weiß ich, daß ich im Vergleich mit euch jungen Leuten überhaupt nicht clever bin ... Raymond schreibt so moderne Bücher über ziemlich unsympathische junge Männer und Frauen, und Joan malt bemerkenswerte Bilder, alles darauf ist eckig oder weist seltsame Rundungen auf – wirklich, sie sind sehr gelungen, meine Liebe! Doch was sagt Raymond immer von mir? Natürlich auf nette Art, denn er ist der netteste Neffe, den man sich vorstellen kann ... daß ich hoffnungslos altmodisch bin. Wovon sprach ich doch gerade? Ja, natürlich, ich möchte nicht eingebildet erscheinen, obwohl ich ein ganz klein wenig stolz auf mich bin, denn ich habe mit etwas gesundem Menschenverstand ein Problem gelöst, das wesentlich klügeren Köpfen als meinem zu schaffen machte. Zwar lag die Lösung von Anfang an auf der Hand ...
Also, ich werde euch meine kleine Geschichte erzählen, und wenn ihr meint, daß ich mir zu viel darauf einbilde, denkt daran, ich habe einem Menschen geholfen, der sich in großen Schwierigkeiten befand.
Ich erinnere mich, daß Gwen eines abends um neun Uhr – ihr erinnert euch doch noch an Gwen, mein nettes rothaariges Dienstmädchen? – also, Gwen kam und sagte mir, Mr. Petherick und ein anderer Herr wünschten mich

zu sprechen. Sie saßen im Wohnzimmer, während ich mich im Eßzimmer aufhielt; ich finde es so verschwenderisch, im Frühling zwei Kamine brennen zu lassen.
Ich wies Gwen an, Cherry Brandy und Gläser zu bringen, und ging ins Wohnzimmer. Ich weiß nicht, ob ihr euch an Mr. Petherick erinnert? Er starb vor zwei Jahren, doch viele Jahre lang war er sowohl ein persönlicher Freund als auch ein guter Rechtsberater für mich. Ein sehr gewissenhafter und auch kluger Rechtsanwalt. Jetzt kümmert sich sein Sohn um meine Angelegenheiten – auch ein fähiger Kopf –, doch irgendwie habe ich nicht dasselbe Vertrauen zu ihm.
Ich entschuldigte mich bei Mr. Petherick, daß kein Feuer im Kamin brenne, und dann stellte er mich seinem Freund vor, einem Mr. Rhodes. Einem noch jungen Mann, etwas über Vierzig. Ich merkte sofort, daß etwas mit ihm nicht stimmte. Er benahm sich *sehr* seltsam. Man hätte ihn für unhöflich halten können, doch er stand unter einem großen Druck, wie ich gleich merkte.
Nachdem wir uns im Eßzimmer niedergelassen hatten, jeder ein Gläschen Cherry Brandy vor sich, erklärte Mr. Petherick den Grund seines Kommens.
›Miss Marple‹, sagte er, ›bitte entschuldigen Sie meinen unerwarteten Besuch. Aber ich brauche Ihren Rat.‹
Ich wußte nicht, was er mit seinen Worten sagen wollte, doch er fuhr fort: ›Wenn jemand schwer erkrankt ist, möchte man immer zwei Diagnosen haben. Die des Hausarztes, und die eines Spezialisten. Allgemein wird angenommen, daß die Diagnose des Spezialisten kompetenter ist, doch der Meinung bin ich nicht. Ein Spezialist kennt nur sein eigenes Fachgebiet, der Hausarzt aber hat – vielleicht – weniger Fachwissen, dafür um so mehr Erfahrung.‹
Ich wußte, was er damit sagen wollte. Erst vor kurzem hatte eine meiner jungen Nichten ihr Kind von einem be-

kannten Dermatologen behandeln lassen, ohne vorher ihren Hausarzt zu konsultieren. Der Dermatologe verordnete eine ziemlich teure Behandlung, und schließlich stellte es sich heraus, daß das Kind einfach die Masern hatte.
Ich führe das nur an – denn ich *hasse* es, vom Thema abzuschweifen –, um zu erklären, daß ich verstand, was Mr. Petherick meinte. Doch ich wußte immer noch nicht, worauf er hinauswollte.
›Falls Mr. Rhodes krank sein sollte...‹, sagte ich, doch unterbrach mich sofort, denn der arme Mann lachte verbittert.
Er meinte: ›Wahrscheinlich werde ich innerhalb von ein paar Monaten tot sein.‹
Und dann wurde die ganze Geschichte klarer. Vor kurzem war in Barnchester ein Mord geschehen. Es ist eine kleine Stadt, etwa zwanzig Meilen von hier entfernt. Ich hatte dem damals nicht viel Aufmerksamkeit geschenkt, denn hier bei uns im Ort passiert immer Allerlei. Doch ich konnte mich erinnern, daß ich über eine Frau gelesen hatte, die in einem Hotel erstochen aufgefunden wurde. Ihren Namen wußte ich nicht mehr. Und jetzt stellte sich heraus, daß diese Frau Mr. Rhodes' Gattin gewesen war und er unter Mordverdacht stand.
Das alles erzählte mir Mr. Petherick und betonte die Tatsache, daß, obwohl Anklage gegen Unbekannt erhoben worden war, Mr. Rhodes in Kürze mit einer Mordanklage rechnen müsse. Deshalb habe er Mr. Petherick aufgesucht und um seinen Beistand gebeten. Mr. Petherick fügte noch hinzu, daß sie beide am Nachmittag Sir Malcolm Olde aufgesucht hätten, der im Fall einer Anklage Mr. Rhodes verteidigen würde.
Sir Malcolm sei ein junger, dynamischer Mann, sagte Mr. Petherick, sehr modern in seinen Methoden, und er habe schon eine gewisse Verteidigungstaktik für diesen

Fall entwickelt. Doch mit dieser Verteidigungstaktik war Mr. Petherick ganz und gar nicht einverstanden.

›Liebe Miss Marple‹, sagte er, ›sie sieht mir zu sehr nach dem Standpunkt eines Spezialisten aus. Wenn Sie Sir Malcolm einen Fall übertragen, legt er sich auf einen Punkt fest, was für einen Verteidiger vernünftig ist. Doch dabei kann selbst der beste Verteidiger den wesentlichen Punkt übersehen, einfach das, was wirklich geschah.‹

Dann sagte er noch ein paar nette Dinge über meinen gesunden Menschenverstand, meine Kenntnis der menschlichen Natur und mein Urteilsvermögen und bat mich, mir den Fall vortragen zu dürfen. Vielleicht wüßte ich eine Lösung.

Mr. Rhodes war es gar nicht recht, hier bei mir zu sitzen, und außerdem zweifelte er daran, daß ich ihm helfen könnte. Doch Mr. Petherick beachtete ihn nicht und erzählte mir, was in jener Nacht des achten März geschehen war.

Mr. und Mrs. Rhodes hatten sich im *Crown Hotel* in Barnchester aufgehalten. Mrs. Rhodes, die, so entnahm ich Mr. Pethericks vorsichtiger Ausdrucksweise, vielleicht etwas hypochondrisch veranlagt war, war unmittelbar nach dem Abendessen zu Bett gegangen. Sie und ihr Mann bewohnten zwei nebeneinandergelegene Zimmer, die durch eine Tür verbunden waren. Mr. Rhodes, der an einem Buch über prähistorische Feuersteine arbeitete, setzte sich zum Schreiben in sein Zimmer. Um elf Uhr ordnete er sein Manuskript und wollte ins Bett gehen. Doch vorher warf er noch einen Blick in das Zimmer seiner Frau, um sicherzugehen, daß ihr nichts fehle. Das Licht brannte, und sie lag erstochen in ihrem Bett. Sie war seit etwa einer Stunde tot, wahrscheinlich schon länger. Folgendes wurde festgestellt: Es gab noch eine zweite Tür in Mrs. Rhodes' Zimmer, die auf den Flur führte. Diese Tür war von innen verriegelt. Das einzige Fenster des Raumes

war ebenfalls verschlossen. Nach Mr. Rhodes' Aussage hatte niemand, außer dem Zimmermädchen, das die Wärmflaschen brachte, die Räume betreten. Mrs. Rhodes wurde mit einem Stilett getötet, das auf ihrer Frisierkommode lag und das sie als Brieföffner zu benutzen pflegte. Es wurden keine Fingerabdrücke auf der Waffe gefunden.
Also hatten nur Mr. Rhodes und das Zimmermädchen den Raum des Opfers betreten.
Ich erkundigte mich näher nach dem Mädchen.
›Auch wir nahmen sie als erste unter die Lupe‹, antwortete Mr. Petherick. ›Mary Hill stammt aus dem Ort und arbeitete schon seit zehn Jahren im Hotel als Zimmermädchen. Es gab absolut keinen Grund, warum sie plötzlich einen Gast des Hauses hätte töten sollen. Sie ist nicht sehr intelligent, doch ihre Version der Geschehnisse blieb immer dieselbe. Sie brachte Mrs. Rhodes eine Wärmflasche und sagte, daß die Dame zu diesem Zeitpunkt schon sehr müde gewesen sei. Meiner Meinung nach kann sie den Mord nicht begangen haben.‹
Mr. Petherick fügte weitere Einzelheiten hinzu. Am Ende der Treppe im *Crown Hotel* ist ein kleiner Aufenthaltsraum, wo manchmal Gäste sitzen und Kaffee trinken. Ein Gang führt nach rechts, und die letzte Tür am Ende dieses Gangs ist die Tür zu Mr. Rhodes' Zimmer. Dann macht der Gang wieder eine scharfe Rechtsbiegung, und die erste Tür nach der Biegung führt in Mrs. Rhodes' Zimmer. Zufällig waren Zeugen anwesend, die beide Zimmertüren sehen konnten. Die erste Tür, die zu Mr. Rhodes' Zimmer – ich möchte sie A nennen –, konnte von vier Personen gesehen werden, zwei Handelsvertretern und einem älteren Ehepaar, die dort Kaffee tranken. Nach ihren Aussagen gingen nur Mr. Rhodes und das Zimmermädchen durch Tür A. Tür B wurde von einem Elektriker, der dort eine Leitung reparierte, beobachtet,

und er sagt, er habe nur das Zimmermädchen dort ein- und ausgehen sehen.
Das war ein sehr seltsamer und interessanter Fall. Es sah aus, als ob Mr. Rhodes der Mörder seiner Frau sein mußte. Doch Mr. Petherick war von der Unschuld seines Klienten überzeugt. Und Mr. Petherick war ein sehr erfahrener Anwalt.
Bei der Voruntersuchung hatte Mr. Rhodes eine etwas verworrene Geschichte über eine Frau erzählt, die Mrs. Rhodes Drohbriefe geschrieben hatte. Diese Geschichte schien höchst unglaubhaft. Von Mr. Petherick ermuntert, sagte er: ›Offen gestanden, ich habe nie so recht daran geglaubt. Ich dachte, Amy hätte das alles nur erfunden.‹
Ich nahm an, daß Mrs. Rhodes eine jener Frauen gewesen ist, die das Leben auf unangenehme Art und Weise komplizieren. Ständig passiert ihnen etwas, und wenn sie auf einer Bananenschale ausrutschen, klingt es, als wären sie mit knapper Not dem Tode entronnen. Und so hatte ihr Mann die Gewohnheit angenommen, ihren Erzählungen keinen Glauben mehr zu schenken. Die Geschichte, daß die Mutter eines Kindes, das sie bei einem Autounfall getötet hatte, ihr Rache geschworen hatte – nun, Mr. Rhodes nahm sie einfach nicht zur Kenntnis. Der Unfall war vor ihrer Heirat passiert, und obwohl sie ihm die Drohbriefe vorgelesen hatte, war er davon überzeugt, seine Frau schriebe sie selbst. Das war vorher schon ein- oder zweimal vorgekommen. Sie neigte zur Hysterie und inszenierte ständig Zwischenfälle dieser Art.
Ich kenne solche Menschen. Hier im Dorf lebt eine junge Frau, die sich ganz ähnlich verhält. Nur das Schlimme mit diesen Menschen ist, passiert ihnen wirklich etwas, so glaubt ihnen niemand mehr. Und so schien es in diesem Fall auch zu sein. Wahrscheinlich glaubte die Polizei, daß Mr. Rhodes die Geschichte nur erfunden habe, um den Verdacht von sich abzulenken.

Ich fragte, ob es während ihres Aufenthalts im Hotel noch andere weibliche Gäste gegeben habe. Zwei Damen, lautete die Antwort, eine Mrs. Granby, eine Witwe, und eine Miss Carruthers, eine alte Jungfer, die mit näselnder Stimme sprach. Mr. Petherick fügte hinzu, daß die Untersuchung ergeben hätte, daß weder Mrs. Granby noch Miss Carruthers in der Nähe des Tatorts gesehen worden wären noch irgendwie mit der Tat in Zusammenhang gebracht werden könnten. Ich bat ihn, mir die beiden Frauen zu beschreiben. Mrs. Granby hatte ziemlich unordentlich frisierte rötliche Haare, einen blassen Teint und war etwa Fünfzig. Sie kleidete sich in auffallende indische Seidengewänder. Miss Carruthers hingegen war etwa Vierzig, trug einen Kneifer und das Haar kurz. Ihre Kleidung war von männlichem Zuschnitt.
›Du meine Güte‹, sagte ich. ›Das macht die Sache eher schwierig.‹ Mr. Petherick sah mich fragend an, doch ich wollte ihm zu diesem Zeitpunkt nicht mehr sagen, und so fragte ich ihn, wie Sir Malcolm Olde den Fall betrachte. Sir Malcolm, so schien es, wollte auf Selbstmord plädieren, obwohl der Autopsiebericht sowie das Fehlen von Fingerabdrücken auf der Waffe dagegen sprachen. Doch diese Schwierigkeiten schienen Sir Malcolm wenig zu beeindrucken. Ich fragte Mr. Rhodes, wie er über die Sache denke, und er gab zur Antwort, daß er nicht an einen Selbstmord seiner Frau glaube. ›Sie gehörte nicht zu den Menschen, die sich umbringen‹, sagte er, und ich glaubte ihm. Hysteriker begehen gewöhnlich nicht Selbstmord.
Ich dachte eine Weile nach und fragte dann, ob die Tür von Mr. Rhodes' Zimmer direkt auf den Korridor geführt habe. ›Nein‹, antwortete er, ›es gab noch eine Tür, zu einem kleinen Vorraum mit angrenzendem Bad. Und diese Tür zwischen Schlafzimmer und Vestibül war von innen verschlossen.‹
›In diesem Fall ist die ganze Geschichte außerordentlich

einfach‹, sagte ich.
Und wirklich, es *war* einfach ... Die einfachste Sache von der Welt. Doch schien niemand sie unter diesem Blickwinkel betrachtet zu haben.
Beide, Mr. Petherick und Mr. Rhodes starrten mich an, daß ich mich ein wenig unbehaglich fühlte.
›Vielleicht hat Miss Marple den Fall nicht ganz erfaßt‹, sagte Mr. Rhodes.
›Oh, doch‹, antwortete ich. ›Es gibt vier Möglichkeiten. Entweder wurde Mrs. Rhodes von ihrem Mann getötet oder von dem Zimmermädchen, oder sie beging Selbstmord, oder ein Unbekannter, den niemand kommen und gehen sah, brachte sie um.‹
›Und das ist einfach unmöglich‹, unterbrach mich Mr. Rhodes. ›Niemand konnte mein Zimmer betreten, ohne daß ich ihn gesehen hätte. Selbst wenn jemand ungesehen in das Zimmer meiner Frau gekommen wäre, wie hätte er es verlassen? Die Tür war doch von innen verriegelt.‹
Mr. Petherick sah mich fragend an. ›Nun, Miss Marple?‹
›Ich möchte Ihnen eine Frage stellen, Mr. Rhodes‹, sagte ich. ›Wie sah das Zimmermädchen aus?‹
Er antwortete, daß er es nicht genau wußte. Er glaubte, sie sei groß, konnte sich aber nicht erinnern, ob sie dunkles oder helles Haar gehabt habe. Dann stellte ich Mr. Petherick dieselbe Frage.
Er antwortete, sie sei mittelgroß gewesen und habe blondes Haar und blaue Augen gehabt.
Mr. Rhodes sagte: ›Sie sind ein besserer Beobachter als ich, Petherick.‹ Diese Meinung teilte ich nicht. Dann fragte ich Mr. Rhodes, ob er mein Hausmädchen beschreiben könne. Weder er noch Mr. Petherick konnte es.
›Verstehen Sie denn nicht, was das bedeutet?‹ sagte ich. ›Sie kamen beide hierher und waren mit Ihren Sorgen beschäftigt. Die Person, die Ihnen die Tür öffnete, war nur

ein Hausmädchen. Das gleiche trifft auf Mr. Rhodes im Hotel zu. Er sah nur ein Zimmermädchen. Er bemerkte ihre Uniform und ihre Schürze. Er konzentrierte sich auf seine Arbeit. Mr. Petherick hingegen sprach aus einem ganz anderen Grund mit ihr. Er nahm sie als *Person* wahr. Und darauf baute die Frau, die den Mord beging, ihren Plan auf.‹
Da sie immer noch nicht begriffen, mußte ich es ihnen erklären. ›Ich glaube, daß die Ereignisse sich so zutrugen‹, sagte ich. ›Das Zimmermädchen kam durch die Tür A, ging durch Mr. Rhodes' Zimmer in Mrs. Rhodes' Zimmer mit der Wärmflasche und verließ den Raum durch Tür B. X, so will ich die Mörderin nennen, ging durch Tür B in den kleinen Vorraum, versteckte sich dort und wartete, bis das Zimmermädchen gegangen war. Dann betrat sie Mrs. Rhodes' Zimmer, nahm das Stilett von der Frisierkommode (zweifellos hatte sie sich vorher mit den Örtlichkeiten vertraut gemacht), ging zum Bett und erstach die Schlafende. Dann wischte sie die Fingerabdrücke von der Waffe, verriegelte die Tür, durch die sie gekommen war, und ging durch Mr. Rhodes' Zimmer nach draußen.‹
Mr. Rhodes sagte erregt: ›Aber ich müßte sie gesehen haben! Und der Elektriker hätte sie in das Zimmer meiner Frau gehen sehen müssen.‹
›Nein‹, erwiderte ich. ›Da liegt der Fehler. Sie hätten sie beide nicht bemerkt – nicht, wenn sie wie ein Zimmermädchen gekleidet war.‹ Ich wartete, bis sie den Satz verdaut hatten, und fuhr dann fort: ›Sie waren mit Ihrer Arbeit beschäftigt. Nur aus dem Augenwinkel sahen Sie ein Zimmermädchen kommen und gehen. Es war dieselbe *Kleidung*, aber nicht dieselbe Frau. Deshalb sahen die Zeugen auch nur ein Zimmermädchen. Das gleiche gilt für den Elektriker. Ich wage zu behaupten, daß ein sehr hübsches Zimmermädchen vielleicht von einem Mann auch als Frau gesehen wird. Das liegt nun einmal in der

menschlichen Natur. Aber hier handelte es sich um eine ganz gewöhnliche ältere Frau. Also achtet man nur auf die Kleidung, aber nie auf den Menschen.‹
Mr. Rhodes fragte aufgeregt: ›Und wer war sie?‹
›Nun‹, antwortete ich, ›das ist etwas schwierig. Entweder Mrs. Granby oder Miss Carruthers. Die Beschreibung von Mrs. Granby klingt, als trüge sie eine Perücke, sie hätte also in ihrer Verkleidung als Zimmermädchen ihr eigenes Haar lassen können. Auf der anderen Seite hätte Miss Carruthers bei ihrem kurzgeschnittenen Haar durchaus eine Perücke aufsetzen können. Das wird leicht herauszufinden sein. Ich tippe auf Miss Carruthers.‹
Und wirklich, meine Lieben, das ist das Ende der Geschichte: Carruthers war ein falscher Name, sie war die Mörderin. In ihrer Familie hatte es schon Fälle von Geisteskrankheit gegeben. Mrs. Rhodes, eine rücksichtslose Autofahrerin, hatte ihr kleines Mädchen bei einem Unfall getötet, und die arme Frau war darüber wahnsinnig geworden. Doch sie verbarg ihren Wahnsinn sehr geschickt, außer daß sie ihrem späteren Opfer jene häßlichen Drohbriefe schrieb. Sie war Mrs. Rhodes schon eine Weile gefolgt und hatte ihren Plan sorgfältig vorbereitet. Die Perücke und die Verkleidung hatte sie am nächsten Tag mit der Post weggeschickt. Als man sie mit der Wahrheit konfrontierte, brach sie zusammen und gestand alles. Jetzt ist sie in einer Heilanstalt.
Mr. Petherick besuchte mich später und brachte mir einen ganz reizenden Brief von Mr. Rhodes, der mich ganz verlegen machte. Dann sagte mein alter Freund zu mir: ›Nur eins möchte ich noch wissen. Warum dachten Sie eher an Miss Carruthers als an Mrs. Granby. Sie kannten doch beide nicht.‹
›Nein‹, antwortete ich. ›Sie sagten, daß sie mit näselnder Stimme sprach. Das tun viele Leute in Büchern, doch in Wirklichkeit trifft man kaum solche Menschen. Und die-

ses Näseln ließ mich an jemand denken, der eine Rolle spielt und zuviel des Guten tut.‹
Ich werde euch Mr. Pethericks Antwort darauf ersparen – sie war sehr schmeichelhaft –, ich war ein bißchen stolz auf mich.
Und es ist wirklich schön, wie sich die Dinge manchmal zum Guten wenden. Mr. Rhodes hat wieder geheiratet. Ein so nettes Mädchen, und sie haben ein Baby. Und was soll ich euch sagen? Sie haben mich gebeten, Patin für das Kind zu sein. Ist das nicht nett von ihnen?
Nun, ich hoffe, ihr denkt nicht, daß ich zuviel geredet habe.«

Ein seltsamer Scherz

»Und das«, sagte Jane Helier abschließend mit großer Geste, »ist Miss Marple!«
Jane war Schauspielerin und verstand sich darauf, Wirkung zu erzielen. Dies war unverkennbar der Höhepunkt, die Krönung der Schlußszene. In ihrem Ton mischten sich zu gleichen Teilen Ehrfurcht und Triumph. Seltsamerweise war die so großartig Eingeführte nur eine freundliche, betulich aussehende alte Jungfer. Die Augen der beiden jungen Leute, die eben dank Janes freundlicher Vermittlung ihre Bekanntschaft gemacht hatten, verrieten Ungläubigkeit und einen Anflug von Bestürzung. Sie waren ein gutaussehendes Paar: Charmian Stroud, das Mädchen, schlank und dunkel – Edward Rossiter, der Mann, ein hellhaariger, liebenswürdiger junger Hüne.
»Oh!« stieß Charmian ein wenig atemlos hervor. »Wir freuen uns sehr, Sie kennenzulernen.« Doch in ihren Augen lag Zweifel. Sie warf einen raschen, fragenden Blick zu Jane Helier.
»Liebling«, sagte Jane mit Überzeugung, »sie ist einfach fabelhaft. Überlaßt nur alles ihr! Ich habe euch versprochen, sie herzuholen, und da ist sie.« Zu Miss Marple gewandt fügte sie hinzu: »Sie können ihnen bestimmt helfen. Für *Sie* ist das ein Kinderspiel.«
Miss Marple richtete ihre freundlichen, porzellanblauen Augen auf Mr. Rossiter.
»Möchten Sie mir nicht sagen«, bat sie, »worum es hier eigentlich geht?«

»Jane ist eine Freundin von uns«, warf Charmian ungeduldig ein. »Edward und ich sind in einer argen Klemme. Jane sagte, wenn wir zu ihrem Fest kämen, würde sie uns mit jemanden bekanntmachen, der uns – der bereit wäre –«
Edward kam ihr zu Hilfe. »Jane hat uns erzählt, daß Sie eine wahre Meisterdetektivin sind, Miss Marple.«
Die Augen der alten Dame blitzten, doch sie wehrte bescheiden ab. »Aber nein, nein! Nichts dergleichen. Doch wenn man auf dem Dorf lebt, wie ich, dann kann man gar nicht umhin, die Menschen kennenzulernen. Sie haben mich neugierig gemacht. Erzählen Sie mir von Ihren Schwierigkeiten.«
»Die Sache ist ziemlich banal, fürchte ich – es geht nur um einen vergrabenen Schatz«, erklärte Edward.
»Tatsächlich? Aber das klingt ja höchst aufregend.«
»Ich weiß. Wie *Die Schatzinsel*. Nur fehlt unserem Problem das übliche romantische Beiwerk. Keine Karte, auf der die Fundstelle durch einen Totenschädel mit gekreuzten Knochen gekennzeichnet ist; keinerlei Richtungsangaben wie vier Schritte nach links, west-nordwest. Es ist ein ganz prosaisches Problem – wo sollen wir graben?«
»Haben Sie denn überhaupt schon einen Versuch gemacht?«
»Das kann man wohl sagen! Wir haben ungefähr zwei Morgen Land umgegraben. Wir brauchen nur noch Gemüse anzupflanzen, dann haben wir den schönsten Nutzgarten.«
»Möchten Sie wirklich die ganze Geschichte hören?« fragte Charmian ziemlich unvermittelt.
»Aber natürlich, mein Kind.«
»Dann suchen wir uns doch ein stilles Eckchen. Kommt!«
Sie ging voraus durch den mit Menschen gefüllten, rauchgeschwängerten Raum, und sie folgten ihr die Treppe hinauf in einen kleinen Salon im zweiten Stockwerk.

Als sie sich gesetzt hatten, begann Charmian ohne Umschweife: »Also, die Sache ist so! Die Geschichte dreht sich um Onkel Matthew. Er war unser Onkel – oder vielmehr Großonkel. Er erreichte ein wahrhaft biblisches Alter. Edward und ich waren seine einzigen Verwandten. Er hatte uns gern und erklärte immer, wenn er eines Tages sterben sollte, würde er uns sein Geld hinterlassen. Nun ist er also im vergangenen März gestorben und verfügte, daß sein gesamtes Vermögen zu gleichen Teilen an Edward und mich gehen sollte. So, wie ich das jetzt erkläre, klingt es ziemlich kaltschnäuzig. Ich will nicht sagen, daß wir uns freuten, als er starb. Wir hatten ihn nämlich wirklich gern. Aber er war vor seinem Tod schon ziemlich lange krank gewesen.
Kurz und gut, das gesamte Vermögen, das er uns hinterließ, war praktisch gar nichts. Und das war, offen gesagt, ein ziemlicher Schlag für uns, nicht wahr, Edward?«
Der liebenswürdige Edward stimmte zu. »Ja«, erklärte er, »wir hatten nämlich ein bißchen mit dem Geld gerechnet. Ich meine, wenn man weiß, daß man etwas Geld zu erwarten hat, dann – na ja, dann strampelt man sich nicht unbedingt ab, um selbst etwas auf die Beine zu bringen. Ich bin beim Militär, und abgesehen von meinem Sold habe ich keine großen Besitztümer. Charmian hat keinen Penny. Sie arbeitet als Spielleiterin bei einem Repertoiretheater; das ist interessant, und es macht ihr Spaß, aber reich werden kann man dabei nicht. Für uns stand fest, daß wir eines Tages heiraten würden, aber die finanzielle Seite machte uns keine Sorgen, weil wir beide wußten, daß wir irgendwann ganz hübsch was erben würden.«
»Und jetzt stehen wir da«, sagte Charmian. »Das schlimmste ist, daß wir wahrscheinlich *Ansteys* – das ist der Familienbesitz, und Edward und ich lieben ihn – verkaufen müssen. Die Vorstellung ist uns beiden unerträglich. Aber wenn wir Onkel Matthews Geld nicht finden,

dann müssen wir ihn verkaufen.«
»Charmian«, mischte sich Edward ein, »zum entscheidenden Punkt sind wir immer noch nicht gekommen.«
»Hm, ja, dann erzähl du doch weiter.«
Edward wandte sich an Miss Marple. »Sehen Sie, es ist folgendermaßen. Mit zunehmendem Alter wurde Onkel Matthew immer mißtrauischer. Es kam so weit, daß er niemand mehr vertraute.«
»Sehr klug von ihm«, stellte Miss Marple fest. »Die Verderbtheit der menschlichen Natur ist unglaublich.«
»Kann sein, daß Sie recht haben. Jedenfalls war Onkel Matthew dieser Auffassung. Er hatte einen Freund, der sein Geld bei einem Bankkrach verlor; ein anderer seiner Freunde wurde von einem betrügerischen Anwalt um sein Vermögen gebracht, und er selbst verlor einiges Geld, als er in eine Schwindelfirma investierte. Am Schluß jedenfalls pflegte er des langen und breiten zu erklären, das einzig Sichere und Vernünftige wäre es, sein Geld in Goldbarren anzulegen und die Dinger zu vergraben.«
»Aha«, sagte Miss Marple. »Mir geht ein Licht auf.«
»Ja. Einige seiner Freunde widersprachen ihm, hielten ihm vor, daß er auf diese Weise keine Zinsen bekommen würde, aber er behauptete, das spielte keine Rolle. Das Gescheiteste wäre es, pflegte er zu sagen, den Großteil seines Geldes in einer Pappschachtel unter dem Bett zu verwahren oder im Garten zu vergraben.«
»Und als er starb«, fuhr Charmian fort, »hinterließ er kaum etwas in Wertpapieren, obwohl er schwerreich war. Deshalb glauben wir, daß er sein Geld tatsächlich vergraben hat.«
»Wir stellten nämlich fest«, hakte Edward wieder ein, »daß er von Zeit zu Zeit einen Teil seiner Wertpapiere verkauft und hohe Geldsummen abgehoben hatte. Kein Mensch weiß, was er mit dem Geld gemacht hat. Wir hal-

ten es deshalb für wahrscheinlich, daß er sich tatsächlich an seine Prinzipien gehalten und Goldbarren gekauft hat, die er dann im Garten vergrub.«
»Er hat nicht mit Ihnen gesprochen, bevor er starb? Er hat keine Papiere hinterlassen? Keinen Brief?«
»Das ist ja das, was uns verrückt macht. Nichts. Er war mehrere Tage lang bewußtlos, aber dann erholte er sich noch einmal kurz. Er sah uns beide an und lachte leise – es war ein schwaches, dünnes Lachen. ›Ihr beide seid jetzt gut gestellt, meine hübschen Täubchen‹, sagte er. Dann berührte er seine Augen und machte sie ganz weit auf, so als blickte er in weite Ferne, und zwinkerte uns zu. Kurz danach ist er gestorben.«
»Er berührte seine Augen und machte sie ganz weit auf«, wiederholte Miss Marple nachdenklich.
»Sagt Ihnen das etwas?« fragte Edward eifrig. »Mir fiel dabei eine Arsène-Lupin-Geschichte ein, wo etwas im Glasauge eines Mannes verborgen war. Aber Onkel Matthew hatte kein Glasauge.«
Miss Marple schüttelte den Kopf. »Nein – auf Anhieb fällt mir dabei nichts ein.«
»Jane hat mir erklärt«, bemerkte Charmian enttäuscht, »Sie würden uns augenblicklich sagen, wo wir graben sollen.«
Miss Marple lächelte. »Zaubern kann ich leider nicht. Ich habe Ihren Onkel nicht gekannt, ich weiß nicht, was für ein Mensch er war, und ich kenne weder das Haus noch das umliegende Gelände.«
»Und wenn Sie es kennenlernen würden?« fragte Charmian.
»Nun, die Sache muß doch eigentlich ganz einfach sein, meinen Sie nicht?« gab Miss Marple zurück.
»Einfach!« rief Charmian. »Dann kommen Sie doch mit nach *Ansteys*. Da werden Sie sehen, wie einfach es ist.«
Möglich, daß ihre Einladung nicht ernst gemeint war,

doch Miss Marple sagte sogleich ganz lebhaft: »Das ist aber wirklich nett von Ihnen, mein Kind. Ich habe mir immer schon gewünscht, einmal auf Schatzsuche gehen zu können. Und noch dazu«, fügte sie mit einem strahlenden Lächeln hinzu, »wenn die Liebe mit im Spiel ist.«

»Da sehen Sie's!« sagte Charmian mit dramatischer Geste. Sie hatten soeben einen ausgedehnten Rundgang durch das Gelände von *Ansteys* beendet. Sie waren durch den Gemüsegarten gewandert, der von tiefen Gräben durchzogen war. Sie waren durch das Wäldchen spaziert, wo um jeden größeren Baum herum die Erde ausgehoben worden war, und hatten traurig den mit Erdhügeln gesprenkelten Rasen betrachtet, der einst glatt und wohlgepflegt gewesen war. Sie waren oben in der Mansarde gewesen, wo alte Schiffskoffer und Truhen durchwühlt worden waren. Sie waren in den Keller hinuntergestiegen, wo Steinplatten aus dem Boden gerissen worden waren. Sie hatten Wände nachgemessen und abgeklopft, und Miss Marple hatte jedes antike Möbelstück begutachten müssen, von dem zu vermuten war, daß es ein Geheimfach enthielt.
Auf einem Tisch im Arbeitszimmer lag ein Stapel von Papieren – alle Unterlagen, die der verstorbene Matthew Stroud hinterlassen hatte. Nicht ein Dokument war vernichtet worden, und Charmian und Edward zog es immer wieder zu ihnen hin. Ernsthaft hatten sie schon unzählige Male die Rechnungen, Einladungen und Geschäftsbriefe durchgesehen, in der Hoffnung, einen Hinweis zu entdecken, der ihnen bis dahin entgangen war.
»Fällt Ihnen ein Ort ein, wo wir noch nicht gesucht haben?« fragte Charmian hoffnungsvoll.
Miss Marple schüttelte den Kopf.
»Ich habe den Eindruck, daß Sie beide sehr gründlich zu Werke gegangen sind, mein Kind. Vielleicht, wenn ich

das einmal sagen darf, allzu gründlich. Meiner Meinung nach sollte man immer einen Plan haben. Mir fällt in diesem Zusammenhang meine Freundin, Mrs. Eldritch, ein. Sie hatte ein wirklich nettes kleines Dienstmädchen, das das Linoleum immer auf Hochglanz bohnerte; aber sie war so gründlich, daß sie den Boden im Badezimmer zu heftig bohnerte, und als Mrs. Eldritch aus der Wanne stieg, da rutschte die Matte unter ihren Füßen weg, und sie stürzte äußerst unglücklich und brach sich das Bein. Es war wirklich sehr dumm, weil die Badezimmertür natürlich abgeschlossen war. Der Gärtner mußte erst eine Leiter holen und durch das Fenster einsteigen. Schrecklich peinlich für Mrs. Eldritch, wie Sie sich vorstellen können.«
Edward trat nervös von einem Fuß auf den anderen.
»Verzeihen Sie«, sagte Miss Marple hastig. »Ich komme immer so leicht vom Hundertsten ins Tausendste, ich weiß. Aber eines erinnert einen eben an das andere. Und manchmal ist das eine Hilfe. Ich wollte damit eigentlich nur sagen, wenn wir uns vielleicht bemühen, unser Gehirn anzustrengen, und uns überlegen, ob es nicht einen Ort gibt –«
»Tun Sie das, Miss Marple«, fiel ihr Edward gereizt ins Wort. »In meinem Gehirn und in Charmians ist inzwischen nur noch gähnende Leere.«
»Sie Ärmster. Natürlich – für Sie ist das alles höchst verdrießlich. Wenn Sie nichts dagegen haben, sehe ich diesen Haufen da einmal durch.« Sie wies auf die Papiere auf dem Tisch. »Das heißt natürlich, wenn nichts Persönliches darunter ist. Ich möchte nicht den Eindruck erwekken, daß ich schnüffle.«
»Nein, nein, sehen Sie sich die Papiere ruhig an. Ich fürchte nur, Sie werden da auch nichts finden.«
Sie setzte sich an den Tisch und arbeitete sich mit Methode durch den Stoß von Unterlagen. Automatisch sortierte

sie die Papiere in mehrere ordentliche kleine Häufchen. Als sie das letzte Blatt aus der Hand gelegt hatte, saß sie ein paar Minuten lang stumm da und starrte auf die säuberlichen Häufchen, die vor ihr lagen.
Nicht ohne einen Anklang von Boshaftigkeit fragte Edward: »Nun, Miss Marple?«
Mit einem kleinen Zusammenzucken fuhr Miss Marple aus ihrer Versunkenheit.
»Entschuldigen Sie. Das war äußerst nützlich.«
»Sie haben etwas entdeckt, das von Belang ist?«
»Nein, nein, das nicht, aber ich glaube jetzt zu wissen, was für ein Mensch Ihr Onkel Matthew war. Ich habe den Eindruck, er war meinem eigenen Onkel Henry ziemlich ähnlich. Er hatte eine Schwäche für recht banale Scherze. Ein Junggeselle offensichtlich – würde mich interessieren, wieso – vielleicht eine frühe Enttäuschung? Bis zu einem gewissen Grad genau und methodisch, aber mit einer Abneigung dagegen, sich festzulegen – das ist bei vielen Junggesellen so.«
Hinter Miss Marples Rücken tippte sich Charmian an die Stirn. Sie ist plemplem, gab sie Edward zu verstehen.
Miss Marple erzählte derweilen munter weiter von ihrem verstorbenen Onkel Henry.
»Er hatte eine Vorliebe für Wortspiele. Und es gibt Leute, die Wortspiele einfach hassen. Solche Wortspiele können natürlich auch enervierend sein. Er war ebenfalls ein mißtrauischer Mensch. Dauernd verdächtigte er die Hausangestellten, ihn zu bestehlen. Manchmal war das natürlich tatsächlich der Fall, aber nicht immer. Und dieses Mißtrauen verschlimmerte sich immer mehr. Der Arme war am Ende so weit, daß er das Personal verdächtigte, sein Essen zu vergiften. Er aß nur noch harte gekochte Eier. In ein hartes Ei könnte niemand etwas hineinmanipulieren, sagte er immer. Und dabei war er früher ein so lebensfroher Mensch. Wie hat er seinen Kaffee nach dem Essen

immer genossen! ›Dieser Kaffee schmeckt nach Meer‹, pflegte er zu sagen, womit er wissen lassen wollte, daß er mehr haben wollte, verstehen Sie.«
Edward hatte das Gefühl, daß er aus der Haut fahren würde, wenn er sich noch weitere Anekdoten über Onkel Henry anhören müßte.
»Junge Menschen hatte er gern«, fuhr Miss Marple fort, »aber er hatte eine Vorliebe dafür, sie zu necken. Er machte sich zum Beispiel einen Spaß daraus, eine Tüte Bonbons an einen Platz zu legen, wo die Kinder sie zwar sehen, aber nicht erreichen konnten.«
Charmian vergaß alle Höflichkeit und sagte: »Er muß ein gräßlicher Mensch gewesen sein.«
»Aber nein, mein Kind, nur ein verschrobener alter Junggeselle, der an Kinder nicht gewöhnt war. Und dumm war er ganz und gar nicht. Er hatte immer ziemlich viel Geld im Haus, und deshalb ließ er einen Safe einbauen. Er machte großen Wirbel darum, erklärte allen, die es hören wollten, wie sicher der Safe sei. Das Resultat war, daß eines Nachts Einbrecher kamen, und sie schnitten doch tatsächlich ein Loch in den Safe.«
»Recht geschehen«, bemerkte Edward.
»Aber der Safe war leer«, erklärte Miss Marple. »In Wirklichkeit bewahrte er nämlich sein Geld an einem ganz anderen Ort auf – hinter einer mehrbändigen Ausgabe frommer Sprüche und Predigten in der Bibliothek. Solche Bücher zögen die Leute nie aus den Regalen, sagte er.«
»He!« unterbrach Edward aufgeregt. »Das ist ein Gedanke! Vielleicht in der Bibliothek.«
Doch Charmian schüttelte nur verächtlich den Kopf.
»Glaubst du, daran hätte ich nicht gedacht? Letzten Dienstag, als du in Portsmouth warst, habe ich sämtliche Bücher durchgesehen. Eines nach dem anderen habe ich herausgenommen und geschüttelt. Da ist nichts.«
Edward seufzte. Dann raffte er sich zusammen und ver-

suchte nunmehr, den enttäuschenden Gast auf möglichst taktvolle Art loszuwerden.

»Es war sehr freundlich von Ihnen, mit uns hier herunterzukommen und zu versuchen, uns zu helfen. Es tut mir leid, daß nichts dabei herausgekommen ist. Ich fürchte, wir haben Ihnen nur die Zeit gestohlen. Aber ich hole jetzt gleich den Wagen heraus, dann können Sie den Zug um fünfzehn Uhr dreißig –«

»Aber nein«, unterbrach ihn Miss Marple. »Wir müssen doch noch das Geld finden, oder nicht? Sie dürfen die Flinte nicht ins Korn werfen, Mr. Rossiter. Man muß für den Erfolg arbeiten.«

»Soll das heißen, daß Sie – daß Sie es weiter versuchen wollen?«

»Genau genommen«, gab Miss Marple zurück, »habe ich noch gar nicht begonnen. ›Erst fange man einen Hasen‹, wie Mrs. Beaton in ihrem Kochbuch schreibt – ein prächtiges Buch, aber sündteuer; die meisten Rezepte beginnen mit den Worten: Man nehme einen halben Liter Sahne und ein Dutzend Eier. Hm, Augenblick, wo war ich gleich? Ach, ja. Also, den Hasen haben wir sozusagen jetzt gefangen – wobei der Hase natürlich Ihr Onkel Matthew ist. Nun müssen wir uns nur noch überlegen, wo er das Geld versteckt hätte. Das müßte eigentlich ganz einfach sein.«

»Einfach?« echote Charmian.

»Gewiß, mein Kind. Ich bin überzeugt, er hätte das nächstliegende getan. Ein Geheimfach – das ist mein Tip.«

»Goldbarren kann man nicht in einem Geheimfach verstecken«, stellte Edward trocken fest.

»Nein, natürlich nicht. Aber es gibt keinen Anlaß anzunehmen, daß das Geld in Goldbarren steckt.«

»Er hat doch immer gesagt –«

»Ja, mein Onkel Henry hat auch immer von seinem Safe

gesprochen. Ich vermute deshalb stark, daß das nur ein Täuschungsmanöver war. Diamanten – die ließen sich leicht in einem Geheimfach unterbringen.«
»Aber wir haben doch in allen Geheimfächern nachgesehen! Wir haben extra einen Schreiner kommen lassen, der sich die Möbel angesehen hat.«
»Tatsächlich? Das war sehr klug von Ihnen. Ich würde sagen, daß der Schreibtisch Ihres Onkels am ehesten in Frage kommt. Ist das der hohe Sekretär dort an der Wand?«
»Ja. Ich zeige Ihnen alles.«
Charmian ging zu dem Sekretär. Sie zog die Klappe herunter. Dahinter befanden sich viele kleine Fächer und Schubladen. Sie zog ein kleines Türchen in der Mitte auf und drückte auf eine Feder in der Schublade links davon. Der Boden des Mittelfachs glitt mit einem feinen Knakken nach vorn. Charmian zog ihn heraus. Darunter befand sich ein nicht sonderlich tiefes Fach. Es war leer.
»So ein Zufall!« rief Miss Marple. »Mein Onkel Henry hatte genau den gleichen Schreibtisch. Nur war seiner aus Walnuß, und der hier ist aus Mahagoni.«
»Auf jeden Fall«, bemerkte Charmian, »ist das Fach leer, wie Sie sehen können.«
»Ich nehme an«, gab Miss Marple zurück, »Ihr Schreiner war ein junger Mann. Nicht allzu bewandert. Die Leute jener Zeit waren sehr raffiniert, wenn sie geheime Verstecke einbauten. Es gibt da häufig ein Geheimfach im Geheimfach.«
Sie zog eine Nadel aus ihrem fest gedrehten grauen Haarknoten. Nach dem sie sie gerade gebogen hatte, senkte sie ihre Spitze in eine winzige Öffnung auf einer Seite des Geheimfachs, die wie ein Wurmloch aussah. Mit ein wenig Mühe zog sie eine kleine Schublade heraus. In ihr lagen ein Bündel vergilbter Briefe und ein zusammengefaltetes Blatt Papier.
Edward und Charmian stürzten sich gleichzeitig auf den

Fund. Mit zitternden Fingern faltete Edward das Blatt Papier auseinander. Gleich darauf schleuderte er es mit einem Ausruf des Zorns von sich.
»Ein Kochrezept! Für Wiener Kaiserschmarren!«
Charmian löste das Band, das die Briefe zusammenhielt. Sie zog einen heraus und warf einen Blick darauf.
»Liebesbriefe!«
Miss Marple war hingerissen.
»Wie interessant! Vielleicht erfahren wir jetzt den Grund, weshalb Ihr Onkel nie geheiratet hat.«
Charmian las vor: »Mein liebster Matthew, ich muß gestehen, die Zeit ist mir lang geworden, seit ich Deinen letzten Brief erhalten habe. Ich versuche, mich ganz den Aufgaben zu widmen, die mir auferlegt sind, und sage mir oft, wie glücklich ich mich preisen kann, Gelegenheit zu haben, so viel von der Welt zu sehen. Als ich damals nach Amerika reiste, hätte ich mir allerdings nicht träumen lassen, daß ich eines Tages auf diese fernen Inseln verschlagen werden würde.«
Charmian brach ab. »Woher kommt der Brief? Oh! Aus Hawai!«
Sie fuhr fort: »Diese Eingeborenen hier sind leider noch weit entfernt davon, erleuchtet zu werden. Sie befinden sich noch in einem Zustand der Nacktheit und der Wildheit und bringen fast ihre ganze Zeit damit zu, zu schwimmen und zu tanzen und sich mit Blumenkränzen zu schmücken. Mr. Gray hat einige von ihnen zum Glauben bekehrt, aber es ist mühsame Arbeit, und er und Mrs. Gray sind oft sehr entmutigt. Ich gebe mir alle Mühe, sie aufzuheitern und zu ermutigen, aber auch mir ist oft traurig ums Herz. Den Grund kannst Du Dir wohl denken, mein lieber Matthew. Ja, die Trennung ist eine schwere Prüfung für ein liebendes Herz. Die Beteuerungen Deiner unwandelbaren Liebe und Zuneigung haben mich sehr getröstet. Mein Herz gehört jetzt und immer

Dir, mein lieber Matthew.
Ich grüße Dich aus der Ferne und bitte Dich, mir zu glauben, daß ich Dir immer gut sein werde. Deine Dich liebende Betty Martin.
P.S. Ich schicke den Brief wie immer an unsere gemeinsame Freundin Matilda Graves. Ich hoffe, der Himmel wird mir diese kleine List verzeihen!«
Edward stieß eine Pfiff aus.
»Eine Missionarin! Das also war Onkel Matthews Liebe. Ich möchte wissen, warum die beiden nie geheiratet haben.«
»Sie scheint in der ganzen Welt herumgekommen zu sein«, bemerkte Charmian, während sie die Briefe durchsah. »Mauritius – alle möglichen Länder der Erde. Sie ist wahrscheinlich am Gelben Fieber gestorben oder so was.«
Ein leises Lachen riß die beiden jungen Leute aus ihren Betrachtungen. Miss Marple war offenbar sehr erheitert.
»Na so was!« sagte sie. »Wer hätte das gedacht!«
Sie überflog gerade das Rezept für den Wiener Kaiserschmarren. Als sie die fragenden Blicke der jungen Leute bemerkte, las sie vor: »»Wiener Kaiserschmarren. Man nehme sechs Eier, einen Viertel Liter Milch, zwei Löffel Zucker, zweihundert Gramm Mehl, Salz. Eigelb und Zucker, Salz und Milch verrühren. Das Mehl dazu, Eischnee vorsichtig unterheben, zuletzt eine Handvoll Sultaninen. Das Ganze in der Pfanne goldbraun backen und kleine Stücke abstechen. Fertig ist der Schmarren!« Was sagen Sie dazu?«
»Viel zu süß«, erklärte Edward unwirsch.
»Nein, nein, das schmeckt sicher köstlich – aber wie denken Sie über das *Ganze?*«
Ein Licht der Erleuchtung erhellte plötzlich Edwards Gesicht.
»Glauben Sie, es ist eine verschlüsselte Botschaft?« Er packte das Blatt mit dem Rezept. »Schau her, Charmian,

das könnte es sein. Es gibt doch sonst keinen Grund, ein Kochrezept in einer Geheimschublade zu verstecken.«
»Genau«, bestätigte Miss Marple, »Das ist sehr bedeutsam.«
»Ich weiß, was es sein könnte«, ließ sich Charmian vernehmen. »Unsichtbare Tinte. Machen wir das Papier doch mal heiß. Schalte die Heizplatte ein.«
Edward tat es, doch keine Spuren einer Geheimschrift zeigten sich unter Einwirkung der Wärme.
Miss Marple hüstelte. »Wissen Sie, ich glaube wirklich, Sie machen es sich zu schwer. Das Rezept ist gewissermaßen nur ein Hinweis. Das Wichtigste sind meiner Ansicht nach die Briefe.«
»Die Briefe?«
»Insbesondere«, sagte Miss Marple, »die Schlußformel. Sie ist bei allen Briefen gleich.«
Doch Edward hörte nur mit halbem Ohr zu.
»Charmian«, rief er aufgeregt. »Komm her! Miss Marple hat recht. Schau – die Umschläge sind alt, das stimmt. Aber die Briefe selbst wurden viel später geschrieben.«
»Genau«, sagte Miss Marple wie zuvor.
»Sie sind nur auf alt gemacht. Ich möchte wetten, daß Onkel Matthew sie selbst geschrieben hat ...«
»Ganz recht«, meinte Miss Marple.
»Die ganze Geschichte ist erfunden. Es hat nie eine Missionarin gegeben. Das kann nur eine verschlüsselte Botschaft sein.«
»Meine Lieben, es ist wirklich nicht nötig, die ganze Sache so kompliziert zu sehen. Ihr Onkel war im Grund ein einfacher Mensch. Nur seinen kleinen Spaß wollte er haben, das ist alles.«
Zum erstenmal zollten sie ihr ungeteilte Aufmerksamkeit.
»Wie meinen Sie das, Miss Marple?« erkundigte sich Charmian.

»Ich meine, mein Kind, daß sie das Geld in diesem Augenblick in Ihren Händen halten.«
Charmian starrte auf die Briefe.
»Die Schlußformel, mein Kind. Sie verrät alles. Das Rezept ist, wie gesagt nur ein Hinweis. Was ist es denn in Wirklichkeit? Am Schluß steht es klar und deutlich. Ein Schmarren! Mit anderen Worten, Quatsch! Es ist also klar, daß die Briefe das Wichtige sind. Die Schlußformel, die in allen Briefen die gleiche ist: Ich grüße Dich aus der Ferne und werde Dir immer gut sein! Und das nun im Zusammenhang mit dem, was Ihr Onkel tat, kurz bevor er starb. Er berührte seine Augen, sagten Sie, und machte sie weit auf, als blickte er in die Ferne. Na bitte – da haben Sie's. Das ist der Hinweis auf die Lösung des Rätsels.«
»Sind wir verrückt, oder sind Sie es?« fragte Charmian.
»Aber mein Kind, Sie kennen doch gewiß das Sprichwort: Warum in die Ferne schweifen, sieh, das Gute liegt so nah!«
Edward stieß einen unterdrückten Schrei aus und blickte auf den Brief in seiner Hand.
»Ich grüße Dich aus der Ferne und bin Dir immer gut!«
»Richtig, Mr. Rossiter. Wie Sie eben selbst sagten, hat es diese treue Geliebte nie gegeben. Die Briefe wurden von Ihrem Onkel geschrieben, und ich könnte mir denken, daß er viel Spaß dabei gehabt hat. Die Schrift auf den Umschlägen ist, wie Sie ebenfalls bemerkten, viel älter – die Umschläge können gar nicht zu den Briefen gehören, weil der Poststempel auf dem, den Sie in der Hand halten, von achtzehnhunderteinundfünfzig ist.«
Sie machte eine Pause.
»Achtzehnhunderteinundfünfzig«, sagte sie dann mit Nachdruck. »Das erklärt doch wohl alles.«
»Mir nicht«, versetzte Edward.
»Ja, natürlich«, meinte Miss Marple. »Mir würde es wahr-

scheinlich auch nichts sagen, wenn nicht mein Großneffe Lionel wäre. Ein reizender Junge, wirklich, und ein leidenschaftlicher Briefmarkensammler. Er kennt sich auf diesem Gebiet glänzend aus. Von ihm habe ich erfahren, daß es ganz besonders seltene und wertvolle Briefmarken gibt, und er erzählte mir, daß ein ganz fantastischer neuer Fund zur Versteigerung gekommen sei. Ich erinnere mich besonders an eine Briefmarke, die er erwähnte – eine blaue Zwei-Cent-Marke von achtzehnhunderteinundfünfzig. Sie erzielte an die fünfundzwanzigtausend Dollar, glaube ich. Stellen Sie sich das vor! Ich denke mir, daß auch die anderen Marken besonders seltene und wertvolle Exemplare sind. Ihr Onkel hat zweifellos über einen Händler gekauft und darauf geachtet ›seine Spuren zu verwischen‹, wie es in Detektivgeschichten immer heißt.« Edward stöhnte. Er ließ sich in einen Sessel fallen und schlug die Hände vor sein Gesicht.
»Was ist denn los?« fragte Charmian.
»Nichts. Mir ist nur eben der entsetzliche Gedanke gekommen, daß wir diese Briefe taktvoll verbrannt hätten, wenn nicht Miss Marple gewesen wäre.«
»Ja, ja«, meinte Miss Marple, »das machen sich diese alten Herren, die so gern Schabernack treiben, niemals klar. Ich erinnere mich, daß Onkel Henry einmal seiner Lieblingsnichte zu Weihnachten eine Ein-Pfund-Note schickte. Er steckte sie in eine Weihnachtskarte, klebte die Karte zusammen und schrieb darauf, ›In Liebe und mit den besten Wünschen. Leider reicht es in diesem Jahr nicht zu mehr.‹
Das arme Ding war ziemlich verärgert über seinen scheinbaren Geiz und warf die Karte in ihrem Zorn gleich ins Feuer; da mußte er ihr natürlich noch einen Schein schicken.«
Edwards Gefühle Onkel Henry gegenüber hatten eine schlagartige Wandlung durchgemacht.

»Miss Marple«, sagte er, »ich hole jetzt eine Flasche Champagner herauf, und dann trinken wir alle auf das Wohl Ihres Onkel Henry.«

Die Stecknadel

Miss Politt nahm den Türklopfer und pochte wohlerzogen an die Tür des kleinen Hauses. Nach einer diskreten Pause klopfte sie nochmals. Das Paket unter ihrem Arm verrutschte ein wenig, und sie schob es wieder in die richtige Lage. Im Inneren des Päckchens befand sich Mrs. Spenlows neues grünes Winterkleid, fertig zur Anprobe. An Miss Politts linker Hand baumelte ein Beutel aus schwarzer Seide, in dem ein Maßband, ein Nadelkissen und eine große, gut zu handhabende Schere steckten.
Miss Politt war groß und hager, mit einer scharf geschnittenen Nase, aufgeworfenen Lippen und spärlichem, eisengrauen Haar. Sie zögerte, ehe sie ein drittes Mal zum Türklopfer griff. Als sie einen Blick die Straße hinuntersandte, sah sie eine rasch näherkommende Gestalt. Miss Hartnell, fünfundfünfzig, stets frohgemut, mit einer Haut wie ein Lederapfel, rief in gewohnt dröhnendem Baß:
»Guten Tag, Miss Politt!«
»Guten Tag, Miss Hartnell!«, gab die Schneiderin zurück. Ihre Stimme war äußerst dünn, ihre Sprechweise geziert. Sie hatte ihre berufliche Laufbahn als hochherrschaftliche Zofe begonnen. »Entschuldigen Sie«, fuhr sie fort, »aber Sie wissen wohl nicht zufällig, ob Mrs. Spenlow vielleicht ausgegangen ist?«
»Keine blasse Ahnung«, erwiderte Miss Hartnell.
»Es ist ein bißchen dumm, wissen Sie. Ich sollte heute nachmittag zur Anprobe zu Mrs. Spenlow kommen, um halb vier, sagte sie.«

Miss Hartnell schaute auf ihre Armbanduhr. »Jetzt ist es kurz nach halb.«

»Ja. Ich habe dreimal geklopft, aber es rührt sich niemand. Deshalb überlege ich mir, ob Mrs. Spenlow vielleicht ausgegangen ist und den Termin vergessen hat. In der Regel vergißt sie allerdings ihre Termine nicht, und sie möchte das Kleid übermorgen anziehen.«

Miss Hartnell trat durch das Gartentor und schritt den Weg hinauf zu Miss Politt, die immer noch vor der Tür des Häuschens stand.

»Wieso macht Gladys nicht auf?« fragte sie. »Ach nein, natürlich, wir haben ja Donnerstag – das ist Gladys' freier Tag. Ich nehme an, Mrs. Spenlow macht ein Nickerchen. Vermutlich haben Sie mit dem Ding hier nicht genug Krach gemacht.«

Sie packte den Türklopfer und trommelte ein ohrenbetäubendes Rat-a-tat-tat, während sie gleichzeitig mit der Faust gegen die Tür hämmerte.

»Hallo, da drinnen!« rief sie mit Stentorstimme.

Nichts rührte sich.

»Ach«, murmelte Miss Politt, »wahrscheinlich hat es Mrs. Spenlow doch vergessen und ist ausgegangen. Ich komme ein andermal vorbei.«

Sie machte Anstalten zu gehen.

»Blödsinn«, erklärte Miss Hartnell mit Entschiedenheit. »Sie kann nicht ausgegangen sein. Da hätte ich sie getroffen. Ich schaue mal eben hier durch das Fenster. Mal sehen, ob ein Lebenszeichen zu entdecken ist.«

Sie lachte auf ihre gewohnte herzhafte Art, um anzuzeigen, daß dies ein Scherz war, und warf einen flüchtigen Blick durch die Scheibe, die am nächsten war – flüchtig deshalb, weil sie sehr wohl wußte, daß das nach vorn hinaus liegende Zimmer selten benutzt wurde. Mr. und Mrs. Spenlow zogen es vor, sich im kleinen Salon aufzuhalten, der nach hinten hinaus ging.

Doch mochte der Blick auch flüchtig sein, er erfüllte seinen Zweck. Zeichen von Leben allerdings entdeckte Miss Hartnell keine; im Gegenteil, sie erblickte durch das Fenster Mrs. Spenlow, die auf dem Kaminvorleger lag – tot.
»Natürlich«, erklärte Miss Hartnell, wenn sie später die Geschichte erzählte, »behielt ich einen kühlen Kopf. Diese Politt, diese Person, hätte ja keine blasse Ahnung gehabt, was sie tun sollte. ›Auf keinen Fall dürfen wir den Kopf verlieren‹, sagte ich zur ihr. ›Sie bleiben hier, und ich hole Constable Palk.‹ Sie jammerte, daß sie nicht allein zurückbleiben wollte, aber darauf achtete ich gar nicht. Mit solchen Leuten muß man energisch umgehen. Ich habe immer festgestellt, daß sie es genießen, Getue zu machen. Ich wollte also gerade losmarschieren, als genau in diesem Moment Mr. Spenlow um die Ecke kam.«
Hier legte Miss Hartnell eine vielsagende Pause ein. Sie gab ihrem jeweiligen Zuhörer Gelegenheit, atemlos zu fragen: »Und was machte er für ein Gesicht?«
»Offen gesagt«, pflegte Miss Hartnell darauf fortzufahren, »*ich* hatte ihn sofort in Verdacht! Er war viel zu gelassen. Er schien nicht im geringsten überrascht. Und Sie können sagen, was Sie wollen, es ist einfach unnatürlich, daß ein Mann, wenn er hört, daß seine Frau tot ist, keinerlei Gefühle zeigt.«
Da stimmten alle zu.
Auch die Polizei. So verdächtig fand sie Mr. Spenlows gleichmütige Gelassenheit, daß sie schleunigst nachforschten, wie sich die finanziellen Verhältnisse des Herrn nach dem Tode seiner Gattin gestalteten. Als sie entdeckten, daß Mrs. Spenlow der betuchte Ehepartner gewesen war und daß ihr Vermögen laut Testament, das kurz nach der Eheschließung gemacht worden war, ihrem Mann zufallen sollte, vertiefte sich der Verdacht der Polizei weiter.
Miss Marple, die alte Jungfer mit dem lieben Gesicht –

und der, wie einige Leute behaupten, bösen Zunge –, die in dem Haus neben dem Pfarrhaus wohnte, wurde sehr früh schon vernommen – innerhalb einer halben Stunde nach Entdeckung des Verbrechens. Sie wurde von Constable Palk aufgesucht, der mit amtlicher Miene in einem Notizbuch blätterte.

»Wenn Sie nichts dagegen haben, Madam, ich hätte da ein paar Fragen an Sie.«

»In Zusammenhang mit der Ermordung von Mrs. Spenlow?« fragte Miss Marple.

Palk war verdutzt. »Darf ich fragen, Madam, wie Ihnen das zu Ohren gekommen ist?«

»Der Fisch«, antwortete Miss Marple.

Diese Erwiderung war Palk durchaus verständlich. Er vermutete ganz richtig, daß der Lieferbursche des Fischhändlers Miss Marple die Neuigkeit zusammen mit ihrem Abendessen überbracht hatte.

»Sie lag im Wohnzimmer auf dem Boden«, fuhr Miss Marple freundlich fort. »Erdrosselt – möglicherweise mit einem sehr schmalen Gürtel. Aber was es auch gewesen ist, es lag nicht mehr am Tatort.«

Palks Miene war zornig. »Wie dieser Fred nur immer gleich alles weiß, was –«

Miss Marple bremste geschickt den einsetzenden Redestrom. Sie sagte: »Sie haben eine Nadel in Ihrer Uniformjacke stecken.«

Verblüfft sah Palk an sich hinunter. »Nun«, versetzte er, »es heißt ja, ›Nadel, die am Boden lag, bringt dir Glück den ganzen Tag‹.«

»Ich hoffe, das wird sich bewahrheiten. Also, was soll ich Ihnen für Auskünfte geben?«

Palk räusperte sich, machte ein wichtigtuerisches Gesicht und steckte die Nase in sein Notizbuch.

»Mr. Arthur Spenlow, der Ehegatte der Toten, machte vor mir folgende Aussage: Mr. Spenlow erklärt, daß er um

vierzehn Uhr dreißig von Miss Marple angerufen wurde, die ihn bat, um fünfzehn Uhr fünfzehn zu ihr zu kommen, da sie ihn dringend um einen Rat bitten wollte. Ist das richtig, Madam?«
»Ganz und gar nicht«, erwiderte Miss Marple.
»Sie haben Mr. Spenlow nicht um vierzehn Uhr dreißig angerufen?«
»Weder um vierzehn Uhr dreißig noch zu einer anderen Zeit.«
»Aha«, sagte Constable Palk und lutschte mit erheblicher Befriedigung an seinem Schnurrbart.
»Was hat Mr. Spenlow sonst noch gesagt?«
»Mr. Spenlow erklärte, er wäre wie gewünscht hierher gekommen. Er hätte sein eigenes Haus um fünfzehn Uhr zehn verlassen. Bei seiner Ankunft hier hätte ihm das Mädchen mitgeteilt, Miss Marple wäre nicht zu Hause.«
»Das stimmt«, stellte Miss Marple fest. »Er war tatsächlich hier, aber ich war bei einer Besprechung im Frauenverein.«
»Aha«, sagte Palk wieder.
Miss Marple rief: »Sagen Sie, verdächtigen Sie etwa Mr. Spenlow?«
»Das kann ich in diesem Stadium nicht sagen, aber mir scheint, daß da jemand – ich will keine Namen nennen – ganz raffiniert sein wollte.«
»Mr. Spenlow?« meinte Miss Marple nachdenklich.
Sie mochte Mr. Spenlow. Er war ein kleiner, schmächtiger Mann, steif und konventionell in seinem Gebaren, der Inbegriff der Ehrbarkeit. Es schien merkwürdig, daß er aufs Land gezogen war, wo er doch so offensichtlich sein Leben lang in Städten gelebt hatte. Miss Marple hatte er den Grund anvertraut. Er sagte: »Schon als Junge hatte ich die feste Absicht, eines Tages aufs Land zu ziehen und meinen eigenen Garten zu haben. Ich habe Blumen immer geliebt. Meine Frau, wissen Sie, hatte ein Blu-

mengeschäft. Dort bin ich ihr zum erstenmal begegnet.«
Eine nüchterne Erklärung, doch sie zauberte eine Vorstellung von Romantik. Eine jüngere, hübschere Mrs. Spenlow vor einem Hintergrund von Blumen.

Die verstorbene Mrs. Spenlow hatte als junges Mädchen zunächst als Zimmermädchen in einem großen Haus gearbeitet. Diesen Posten hatte sie aufgegeben, um den Gärtnergehilfen zu heiraten, und mit ihm zusammen hatte sie in London ein Blumengeschäft aufgemacht. Das Geschäft blühte; nicht so der Gärtner, der binnen kurzem dahinwelkte und starb.
Die Witwe führte das Geschäft weiter und vergrößerte es in anspruchsvollem Rahmen. Es florierte. Dann verkaufte sie den Laden zu einem stattlichen Preis und schiffte sich zum zweitenmal im Hafen der Ehe ein – mit Mr. Spenlow, einem Juwelier mittleren Alters, der ein kleines Geschäft geerbt hatte, das er mühsam über Wasser hielt. Nicht lange danach verkauften sie das Geschäft und zogen nach St. Mary Mead.
Mrs. Spenlow war eine wohlhabende Frau. Die Gewinne aus ihrem Blumengeschäft hatte sie angelegt – ›beraten von den Stimmen aus dem Jenseits‹, wie sie jedem erklärte, der es wissen wollte. Die Stimmen aus dem Jenseits hatten sie mit unerwartetem geschäftlichen Scharfblick beraten.
Alle ihre Vermögensanlagen erwiesen sich als lukrativ, manche in geradezu atemberaubender Weise. Aber statt daß nun Mrs. Spenlow eisern an ihrem Glauben an den Spiritismus festgehalten hätte, drehte sie Medien und Geistersitzungen schnöde den Rücken und ergab sich kurz, aber heftig einer obskuren, leicht indisch angehauchten Religion, die ihre Grundlage in diversen Atemübungen hatte. Nach ihrer Ankunft in St. Mary Mead jedoch war sie in den Schoß der Kirche von England zu-

rückgekehrt. Sie war häufig im Pfarrhaus und zeigte sich als eifrige Kirchgängerin. Sie kaufte in den Dorfgeschäften, nahm Anteil an lokalen Ereignissen und gehörte dem örtlichen Bridge-Klub an.
Ein eintöniges, alltägliches Dasein. Und – plötzlich – Mord.

Oberst Melchett, der Polizeichef, hatte Inspektor Slack zu sich zitiert.
Slack war ein Mann von Entschiedenheit. Hatte er sich einmal eine Meinung gebildet, so war er sicher. Und sicher war er jetzt.
»Der Ehemann war's, Sir«, sagte er.
»Glauben Sie?«
»Ich bin ganz sicher. Man braucht ihn ja nur anzusehen. Eindeutig schuldig. Nicht einmal hat er auch nur eine Spur von Kummer oder Erregung gezeigt. Als er zum Haus zurückkam, wußte er schon, daß sie tot war.«
»Hätte er dann nicht wenigstens versucht, die Rolle des gramgebeugten Ehemanns zu spielen?«
»Der nicht, Sir. Zu selbstgefällig. Manche Männer können nicht schauspielern. Zu steif.«
»Gibt es vielleicht eine andere Frau in seinem Leben?« fragte Oberst Melchett.
»Bis jetzt haben wir keine Spur gefunden. Das heißt, er ist natürlich von der raffinierten Sorte. Der würde seine Spuren schon verwischen. Meiner Meinung nach hatte er einfach genug von seiner Frau. Sie hatte das Geld, und ich kann mir vorstellen, daß das Zusammenleben mit ihr nicht einfach war – dauernd hatte sie's mit einem anderen ›ismus‹. Er beschloß kaltblütig, sie zu beseitigen und ruhig und behaglich allein zu leben.«
»Ja, so könnte es wohl sein.«
»Verlassen Sie sich darauf, so war es. Hat seinen Plan sorgfältig ausgearbeitet. Gab vor, einen Anruf erhalten zu

haben –.«
»Es hat sich kein Anruf feststellen lassen?« unterbrach Melchett.
»Nein, Sir. Das bedeutet entweder, daß er lügt, oder daß der Anruf von einer öffentlichen Telefonzelle aus getätigt wurde. Im Dorf gibt es nur zwei Zellen – die eine am Bahnhof, die andere im Postamt. Auf dem Postamt war's eindeutig nicht. Mrs. Blade sieht jeden, der kommt. Am Bahnhof kann's gewesen sein. Da läuft um vierzehn Uhr siebenundzwanzig ein Zug ein, und um die Zeit geht's dann ein bißchen lebhaft zu. Aber der springende Punkt ist, daß er behauptet, Miss Marple hätte ihn angerufen, und das ist nun wirklich nicht wahr. Der Anruf kam nicht aus ihrem Haus, und sie selbst war im Frauenverein.«
»Sie lassen nicht die Möglichkeit außer acht, daß der Ehemann absichtlich weggelockt wurde – von jemandem, der Mrs. Spenlow töten wollte?«
»Sie denken an den jungen Ted Gerard, nicht wahr, Sir? Den hab ich mir schon vorgenommen – aber da stehen wir vor einem Mangel an Motiv. Der Junge hat nichts zu gewinnen.«
»Aber er ist ein unerquicklicher Bursche. Er hat immerhin schon eine Unterschlagung auf dem Kerbholz, die nicht von schlechten Eltern ist.«
»Ich will ja nicht sagen, daß er's nicht faustdick hinter den Ohren hat. Aber trotzdem – er ist zu seinem Chef gegangen und hat ihm die Unterschlagung gestanden. Und seine Arbeitgeber hatten nichts davon gemerkt.«
»Einer von der *Moralischen Aufrüstung*«, bemerkte Melchett.
»Ja, Sir. Wurde bekehrt und beschloß, den Pfad der Tugend einzuschlagen, und beichtete, daß er das Geld gestohlen hatte. Ich will nicht sagen, daß das nicht auch Gerissenheit gewesen sein kann. Kann sein, er hatte Angst, man verdächtige ihn, und entschloß sich deshalb, den

reuigen Sünder zu spielen.«
»Sie sind ein skeptischer Mensch, Slack«, stellte Colonel Melchett fest. »Haben Sie schon einmal mit Miss Marple gesprochen?«
»Was hat *sie* denn mit der Sache zu tun, Sir?«
»Ach, nichts. Aber ihr kommt immer alles mögliche zu Ohren. Gehen Sie doch mal bei ihr vorbei und plaudern Sie ein wenig mit ihr. Sie ist eine sehr gescheite alte Dame.«
Slack wechselte das Thema. »Eines wollte ich Sie noch fragen, Sir. Wegen dieser Stellung im Haushalt, die die Verstorbene in ihrer Jugend einmal hatte – bei Sir Robert Abercrombie. Da wurde damals dieser Juwelenraub verübt – Smaragde – ein Vermögen wert. Die Täter sind nie erwischt worden. Ich hab den Fall nachgeschlagen – muß zu der Zeit passiert sein, als die Spenlow dort angestellt war. Sie wird da allerdings noch blutjung gewesen sein. Sie halten es wohl nicht für möglich, daß sie in die Sache verwickelt war, wie Sir? Spenlow war so ein kleiner mickriger Juwelier – genau der richtige Hehler.«
Melchett schüttelte den Kopf. »Ich glaube nicht, daß da etwas dran ist. Sie kannte ja Spenlow damals noch gar nicht. Ich erinnere mich an den Fall. In Polizeikreisen war man der Auffassung, daß einer der Söhne des Hauses die Hände mit im Spiel hatte – Jim Abercrombie, ein schrecklicher junger Verschwender. Er steckte bis zum Hals in Schulden und kurz nach dem Raub wurden sie alle bezahlt. Irgendeine reiche Frau stecke dahinter, hieß es damals, aber ich weiß nicht... Der alte Abercrombie war ein bißchen sehr zurückhaltend in der Sache – er versuchte, die Polizei zurückzupfeifen.«
»Es war nur ein Gedanke, Sir«, sagte Slack.

Miss Marple empfing Inspektor Slack mit Genugtuung, besonders als sie hörte, daß er von Colonel Melchett geschickt worden war.

»Wirklich, wirklich, das ist sehr gütig von Oberst Melchett. Ich wußte gar nicht, daß er sich meiner noch erinnert.«

»Er erinnert sich Ihrer sogar sehr gut. Er sagte, was Sie vom Tun und Treiben in St. Mary Mead nicht wissen, lohnt sich nicht zu wissen.«

»Das ist zu gütig von ihm, aber ich weiß wirklich gar nichts. Über diese Mordgeschichte, meine ich.«

»Sie wissen aber doch, was darüber geredet wird.«

»Oh, natürlich – aber es wäre doch wohl nicht angebracht, nur müßiges Gerede zu wiederholen?«

Bemüht, sich jovial zu geben, sagte Slack: »Das ist kein amtliches Gespräch, wissen Sie. Es ist sozusagen ein Gespräch unter vier Augen.«

»Sie wollen also wirklich wissen, was die Leute reden? Ob nun etwas Wahres daran ist, oder nicht?«

»So etwa.«

»Nun, es wird natürlich sehr viel geklatscht und gemutmaßt. Und im Grund sind die Meinungen in zwei Lager gespalten, verstehen Sie. Zunächst einmal sind da die Leute, die der Ansicht sind, daß der Ehemann es getan hat. Ein Ehemann oder eine Ehefrau ist ja in gewisser Weise der nächstliegende Verdächtige, meinen Sie nicht auch?«

»Vielleicht«, gab der Inspektor vorsichtig zurück.

»Die Nähe, wissen Sie. Und so häufig kommt der finanzielle Gesichtspunkt hinzu. Wie ich höre, hatte Mrs. Spenlow in dieser Ehe das Geld, und somit profitiert Mr. Spenlow tatsächlich von ihrem Tod. In dieser schlechten Welt sind die übelsten Verdächtigungen ja leider häufig berechtigt.«

»Ja, er erbt ein hübsches Sümmchen.«

»Eben. Da schiene es ganz einleuchtend, nicht wahr, daß er sie erdrosselt, sich durch die Hintertür aus dem Haus

schleicht, quer über die Wiesen zu mir kommt, nach mir fragt und vorgibt, ich hätte ihn angerufen; daß er dann wieder nach Hause geht, wo seine Frau tot im Wohnzimmer liegt, und hofft, das Verbrechen würde einem Landstreicher oder Einbrecher angelastet werden.«
Der Inspektor nickte. »Wenn man den finanziellen Gesichtspunkt bedenkt – und wenn sie in letzter Zeit Streit gehabt haben sollten –«
»Oh, aber das war nicht der Fall«, unterbrach Miss Marple ihn.
»Sie wissen das mit Sicherheit?«
»Das ganze Dorf hätte es gewußt, wenn sie Streit gehabt hätten! Das Dienstmädchen, Gladys Brent – sie hätte es überall herumerzählt.«
»Es könnte ja sein, daß sie nichts davon wußte«, widersprach der Inspektor lahm und erntete als Antwort ein mitleidiges Lächeln.
»Und dann«, fuhr Miss Marple fort, »haben wir die andere Seite. Ted Gerard. Ein gutaussehender junger Mann. Ich fürchte, man läßt sich von einer angenehmen äußeren Erscheinung stärker beeinflussen, als man sollte. Unser vorletzter Vikar – die Wirkung war direkt magisch! Alle jungen Mädchen kamen plötzlich zur Kirche – zum Abendgottesdienst *und* zur Morgenandacht. Und viele ältere Frauen legten ein ungewöhnliches Interesse an der Gemeindearbeit an den Tag – ach, und die Hausschuhe und Schals, die ihm gehandarbeitet wurden! Es war peinlich für den jungen Mann. – Also, wo war ich? Ach ja, bei diesem jungen Mann, Ted Gerard. Natürlich wurde über ihn getuschelt. Er hat sie ja so häufig besucht. Mrs. Spenlow hat mir allerdings selbst erzählt, daß er dieser sogenannten Oxford Group angehört. Eine religiöse Sekte. Diese Leute sind durchaus aufrichtig, glaube ich, und Mrs. Spenlow war sehr beeindruckt von der Sache.«
Miss Marple holte Atem und fuhr fort: »Und ich bin si-

cher, es gibt keinen Anlaß zu vermuten, daß da mehr dahintersteckte, aber Sie wissen ja, wie die Leute sind. Eine ganze Menge Leute sind überzeugt davon, daß Mrs. Spenlow in den jungen Mann vernarrt war und daß sie ihm viel Geld geliehen hatte. Und es stimmt wirklich, daß er an dem fraglichen Tag am Bahnhof gesehen wurde. Im Zug – dem Zug, der um vierzehn Uhr siebenundzwanzig aus London kommt. Aber es wäre doch ein Kinderspiel für ihn gewesen, auf der anderen Seite aus dem Zug zu springen und drüben über die Gleise zu laufen und über den Zaun zu springen. Er hätte nur an der Hecke entlangzulaufen brauchen und hätte auf diese Weise den Bahnhofseingang meiden können. Kein Mensch hätte ihn dann auf dem Weg zum Häuschen von Mrs. Spenlow gesehen. Und die Leute zerreißen sich natürlich die Mäuler darüber, wie Mrs. Spenlow angezogen war.«
»Wie sie angezogen war?«
»Ja. Sie trug einen Morgenrock. Kein Kleid.« Miss Marple errötete. »Es gibt sicher Leute, wissen Sie, die der Meinung sind, so etwas ließe tief blicken.«
»Finden Sie auch, daß es tief blicken läßt?«
»Aber nein! Ich nicht. Ich bin der Meinung, es war völlig natürlich.«
»Sie finden, es war natürlich?«
»Unten den Umständen, ja.« Miss Marples Blick war kühl und nachdenklich.
»Das liefert uns vielleicht ein weiteres Motiv für den Ehemann«, sagte Inspektor Slack. »Eifersucht.«
»Aber nein, Mr. Spenlow hat überhaupt keine Neigung zur Eifersucht. Er ist kein mißtrauischer Mensch. Wenn seine Frau ihn verlassen und auf dem Nadelkissen ein Briefchen hinterlassen hätte, so wäre er vor Überraschung aus allen Wolken gefallen.«
Der gespannte Blick, mit dem sie ihn ansah, verwirrte Inspektor Slack. Er hatte das Gefühl, daß hinter ihrem gan-

zen Gerede die Absicht steckte, ihm einen Hinweis zu geben, den er nicht verstand.
Jetzt fragte sie mit einigem Nachdruck: »Haben *Sie* denn keine Anhaltspunkte gefunden, Inspektor – am Tatort, meine ich?«
»Heutzutage hinterlassen die Täter keine Fingerabdrücke und Zigarettenstummel mehr, Miss Marple.«
»Aber hier, glaube ich, handelt es sich um ein altmodisches Verbrechen«, meinte sie.
»Was wollen Sie damit sagen?« fragte er scharf.
»Wissen Sie«, gab Miss Marple bedächtig zurück, »ich glaube, Constable Palk könnte Ihnen weiterhelfen. Er war der erste am Tatort.«

Mr. Spenlow saß in einem Liegestuhl. Sein Gesicht zeigte ratlose Verwirrung. Mit seiner dünnen, pedantischen Stimme sagte er: »Es ist natürlich möglich, daß ich es mir nur eingebildet habe. Mein Gehör ist nicht mehr das, was es einmal war. Aber ich glaube, deutlich gehört zu haben, wie ein kleiner Junge hinter mir herrief: ›Na, wo steckt Dr. Crippen?‹ Es – es vermittelte mir den Eindruck, daß er meinte, ich – ich hätte meine Frau getötet.«
Miss Marple erwiderte: »Das war zweifellos der Eindruck, den er vermitteln wollte.«
»Aber wie kann der Junge auf einen so häßlichen Gedanken gekommen sein?«
Miss Marple hüstelte. »Er hat wahrscheinlich das Gerede der Erwachsenen gehört.«
»Sie – Sie meinen wirklich, daß andere Leute das auch glauben?«
»Bestimmt die Hälfte der Einwohner von St. Mary Mead.«
»Aber – meine liebe Miss Marple – was kann die Leute auf einen solchen Gedanken gebracht haben? Ich war meiner Frau aufrichtig zugetan. Zwar konnte sie sich für

das Landleben leider nicht in dem Maße erwärmen, wie ich gehofft hatte, aber vollkommene Übereinstimmung in jedem Bereich ist ein Ding der Unmöglichkeit. Glauben Sie mir, ihr Verlust ist mir sehr schmerzhaft.«
»Wahrscheinlich. Aber, verzeihen Sie mir, wenn ich es offen sage, Sie machen nicht den Eindruck.«
Mr. Spenlow richtete seine schmächtige Gestalt zu ihrer vollen Höhe auf.
»Meine liebe Miss Marple, vor vielen Jahren las ich von einem chinesischen Philosophen, der, als ihm der Tod seine innig geliebte Gattin von der Seite riß, weiterhin mit aller Gelassenheit auf der Straße einen Gong schlug – das ist ein gebräuchlicher chinesischer Zeitvertreib, glaube ich – ganz wie immer. Die Bewohner der Stadt waren tief beeindruckt von seiner tapferen Haltung.«
»Aber«, entgegnete Miss Marple, »die Leute von St. Mary Mead reagieren eben anders. Chinesische Philosophie hat für sie keine Gültigkeit.«
»Aber Sie verstehen mich?«
Miss Marple nickte. »Mein Onkel Henry«, erklärte sie, »war ein ungewöhnlich beherrschter Mann. Sein Motto lautete: Zeig niemals Gefühle! Auch er liebte Blumen sehr.«
»Ich habe mir überlegt«, bemerkte Mr. Spenlow beinahe mit Eifer, »daß ich mir vielleicht an der Westseite des Hauses eine Pergola bauen könnte. Mit rosa Heckenrosen und Glyzinien vielleicht. Und es gibt da so eine weiße, sternenähnliche Blume, deren Name mir im Augenblick nicht einfällt –«
In dem Ton, den sie ihrem dreijährigen Großneffen gegenüber anschlug, sagte Miss Marple: »Ich habe einen sehr schönen Katalog mit Abbildungen da. Vielleicht haben Sie Lust, ihn sich anzusehen – ich muß jetzt noch ins Dorf hinauf.«
Während Mr. Spenlow selig mit seinem Katalog im Gar-

ten zurückblieb, eilte Miss Marple in ihr Zimmer hinauf, packte hastig ein Kleid in braunes Papier und ging aus dem Haus. Geschwinden Schrittes marschierte sie zum Postamt. Miss Politt, die Schneiderin wohnte direkt über dem Postamt.
Doch Miss Marple trat nicht gleich durch die Tür, um die Treppe hinaufzugehen. Es war gerade halb drei Uhr, und eben, mit einer Minute Verspätung, hielt vor der Tür zum Postamt der Bus nach Much Benham. Es war eines der besonderen Tagesereignisse in St. Mary Mead. Mit Paketen beladen eilte das Fräulein von der Post aus der Tür. Es waren Pakete, die mit ihrem Ladengeschäft zu tun hatten. Im Postamt nämlich konnte man auch Süßigkeiten, billige Bücher und Spielzeug kaufen.
An die vier Minuten stand Miss Marple allein im Postamt.
Erst als das Postfräulein wieder zurückkehrte, ging Miss Marple nach oben und erklärte Miss Politt, daß sie gern ihr altes graues Seidenkleid ändern lassen würde. Es sollte etwas modischer werden, wenn das möglich war. Miss Politt versprach zu sehen, was sich da tun ließe.

Der Polizeichef war sehr erstaunt, als ihm Miss Marple gemeldet wurde. Unter Entschuldigungen trat sie ein.
»Verzeihen Sie – verzeihen Sie vielmals die Störung. Ich weiß, Sie haben viel zu tun. Aber Sie waren immer so entgegenkommend, Oberst Melchett, und ich hielt es einfach für besser, mich direkt an Sie zu wenden und nicht an Inspektor Slack. Schon deshalb, weil ich Palk keinesfalls Ungelegenheiten bereiten möchte. Genau genommen, hätte er ja wohl überhaupt nichts anrühren dürfen.«
Oberst Melchett war einigermaßen verwirrt.
»Palk?« echote er. »Das ist der Polizeibeamte von St. Mary Mead, nicht wahr? Was hat er denn angestellt?«

»Er hat eine Stecknadel vom Boden aufgehoben. Er steckte sie sich an sein Jackett. Und mir schoß damals der Gedanke durch den Kopf, daß er sie wahrscheinlich in Mrs. Spenlows Haus gefunden hatte.«
»Gewiß, gewiß. Aber, lieber Gott, was ist schon eine Stecknadel? Er hat die Nadel tatsächlich unmittelbar neben der Leiche von Mrs. Spenlow gefunden. Gestern berichtete er Slack davon. Ich vermute, dazu haben Sie ihn veranlaßt, wie? Selbstverständlich hätte er in dem Haus nichts anrühren sollen, aber wie ich schon sagte – was ist eine Stecknadel? Es war eine ganz gewöhnliche Nadel. Solche Dinger hat wahrscheinlich jede Frau in ihrem Nähkasten.«
»Nein, Oberst Melchett, da täuschen Sie sich. Für ein Männerauge sah sie vielleicht aus wie eine gewöhnliche Nadel, aber es war eine ganz besondere Nadel, eine sehr dünne Stecknadel. Man kauft diese Nadeln immer in größeren Mengen. Im allgemeinen werden sie von Schneiderinnen verwendet.«
Melchett starrte sie an, und ein schwacher Schimmer des Begreifens blitzte in seinen Augen auf. Miss Marple nickte mehrmals voller Eifer.
»Ja, ganz recht. Es ist doch so offenkundig. Sie hatte ihren Morgenrock an, weil sie ihr neues Kleid anprobieren wollte. Sie ging ins vordere Zimmer, und Miss Politt sagte, sie müßte Maß nehmen und legte ihr das Maßband um den Hals. Sie brauchte es nur noch über Kreuz zu legen und fest zusammenzuziehen. Das soll ganz leicht sein, habe ich gehört. Und danach ist sie wieder nach draußen gegangen, hat die Tür zugezogen und hat geklopft, als wäre sie gerade erst gekommen. Aber die Stecknadel verrät, daß sie schon vorher im Haus gewesen war.«
»Dann hat also auch Miss Politt Mr. Spenlow angerufen?«

»Ja. Vom Postamt aus. Um halb drei – genau zu der Zeit, wo der Bus kommt und das Postamt leer ist.«
»Aber, meine liebe Miss Marple«, sagte Oberst Melchett, »warum denn? Um Himmels willen, warum denn? Für einen Mord braucht man ein Motiv.«
»Ja, sehen Sie, Oberst Melchett, ich glaube nach allem, was ich gehört habe, daß das Verbrechen seinen Ursprung in der Vergangenheit hat. Die Geschichte erinnert mich an meine beiden Vettern Antony und Gordon. Ganz gleich, was Antony anpackte, es gelang immer. Bei dem armen Gordon war es genau umgekehrt. Rennpferde lahmten plötzlich, die Aktien fielen, Grundstücke sanken im Wert. Meiner Ansicht nach haben die beiden Frauen damals gemeinsame Sache gemacht.«
»Gemeinsame Sache? Wobei?«
»Bei dem Juwelenraub. Es ist schon lange her. Es handelte sich um äußerst wertvolle Smaragde, habe ich mir sagen lassen. Die Zofe und das Hausmädchen. Eine Frage nämlich wurde nie gestellt und nie geklärt – wie kam es, daß das Hausmädchen und der Gärtnergehilfe, als sie heirateten, genug Geld hatten, um ein Blumengeschäft aufzumachen?
Die Antwort lautet: Sie richtete sich den Laden mit ihrem Anteil an der Beute ein. Alles, was sie anfaßte, glückte und gedieh. Geld bracht mehr Geld. Aber die andere, die Zofe, muß eine unglückliche Hand gehabt haben. Sie sank immer tiefer und landete schließlich als Dorfschneiderin in St. Mary Mead. Dann trafen die beiden wieder zusammen. Anfangs war alles in Ordnung, vermute ich. Bis Mr. Ted Gerard auf der Bildfläche auftauchte.
Mrs. Spenlow nämlich litt bereits unter Gewissensbissen und fing an zu frömmeln. Zweifellos drängte dieser junge Mann sie, für ihre Tat ›einzustehen‹ und ›ihr Gewissen zu erleichtern‹. Ich bin ziemlich sicher, daß sie innerlich schon so weit war, das zu tun. Aber Miss Politt wollte da-

von nichts wissen. Sie sah nur eines – daß sie womöglich für einen Diebstahl, den sie vor Jahren verübt hatte, ins Gefängnis wandern würde. Sie entschloß sich deshalb, dem Hin und Her ein Ende zu machen. Ich habe das Gefühl, wissen Sie, sie war immer schon eine ziemlich schlechte Person. Ich glaube, sie hätte mit keiner Wimper gezuckt, wenn dieser nette, dumme Mr. Spenlow aufgehängt worden wäre.«

»Wir können – äh – Ihre Theorie bis zu einem gewissen Punkt nachprüfen«, meinte Oberst Melchett nachdenklich. »Wir können feststellen, ob diese Politt mit der Zofe bei den Abercrombies identisch ist, aber –«

»Die Sache wird keine Schwierigkeiten machen«, versicherte ihm Miss Marple beruhigend. »So, wie ich Miss Politt kenne, wird sie auf der Stelle klein beigeben, wenn sie mit der Wahrheit konfrontiert wird. Und außerdem habe ich ihr Maßband. Ich – äh – nahm es gestern mit, als ich zur Anprobe bei ihr war. Wenn sie den Verlust bemerkt und glaubt, die Polizei hätte es an sich genommen – sie ist eine ziemlich dumme Person. Sie wird denken, daß das Maßband ein Beweis gegen sie ist.«

Aufmunternd lächelte sie Oberst Melchett zu. »Sie werden keine Scherereien haben, glauben Sie mir.«

Genau den gleichen Ton hatte seine Lieblingstante damals angeschlagen, als sie ihm versichert hatte, daß er bei der Aufnahmeprüfung für Sandhurst bestimmt nicht durchfallen würde.

Und er war nicht durchgefallen.

Die Hausmeisterin

»Nun«, fragte Dr. Haydock seine Patientin. „Wie geht es uns heute?«
Miss Marple lächelte ihn aus ihren Kissen schwach an.
»Ich glaube, es geht mir wirklich besser«, räumte sie ein.
»Aber ich fühle mich so schrecklich deprimiert. Ich habe das Gefühl, daß es viel besser gewesen wäre, wenn ich gestorben wäre. Schließlich bin ich eine alte Frau. Keiner braucht mich, und keiner will mich.«
Dr. Haydock unterbrach sie mit seiner üblichen Grobheit.
»Ja, ja. Die typische Reaktion nach dieser Art von Grippe. Was Sie brauchen, ist eine Ablenkung. Eine geistige Anregung.«
Miss Marple schüttelte seufzend den Kopf.
»Und denken Sie nur«, fuhr Dr. Haydock fort. »Ich habe die Medizin gleich mitgebracht!«
Er warf einen länglichen Umschlag auf ihr Bett.
»Gerade das richtige für Sie. Ein Rätsel, das ganz in Ihrer Linie liegt.«
»Ein Rätsel?« Miss Marple sah interessiert aus.
»Ein literarischer Versuch von mir«, sagte der Arzt leicht errötend. »Ich versuchte eine richtige Geschichte daraus zu machen. Mit ›er sagte‹, ›sie sagte‹, ›das Mädchen dachte‹, und so fort. Die Fakten der Geschichte sind wahr.«
»Aber wieso ein Rätsel?« fragte Miss Marple.
Dr. Haydock grinste. »Weil Sie die Lösung finden sollen. Ich will sehen, ob Sie wirklich so klug sind, wie Sie immer tun.«

Mit diesem Partherpfeil zog er sich zurück.
Miss Marple nahm das Manuskript und begann gleich darin zu lesen.

»Und wo ist die Braut?« fragte Miss Harmon lebhaft.
Das ganze Dorf war neugierig auf die reiche und schöne junge Frau, die Harry Laxton aus dem Ausland mitgebracht hatte. Man hatte allgemein viel Nachsicht mit Harry, diesem jungen Taugenichts, der dieses Glück gehabt hatte. Sie hatten immer Nachsicht mit Harry gehabt. Sogar die Besitzer der Fensterscheiben, die der rücksichtslosen Benutzung seines Katapults zum Opfer fielen, hatten entdeckt, daß ihre Empörung sich verflüchtigte, wenn Harry sich reumütig entschuldigte. Er hatte Fenster zerbrochen, Obstgärten geplündert, Kaninchen gewildert, und später hatte er Schulden gemacht, mit der Tochter des Tabakhändlers ein Verhältnis angefangen, das Verhältnis gelöst und sich nach Afrika abgesetzt, und das Dorf, das im wesentlichen aus alten Jungfern bestand, hatte nachsichtig gemurmelt: »Nun ja! Ihn sticht der Hafer! Er wird ruhiger werden.«
Und jetzt war der verlorene Sohn zurückgekehrt, aber nicht in Schande, sondern im Triumph. Harry Laxton hatte sein Glück gemacht, wie es hieß. Er hatte sich zusammengerissen, schwer gearbeitet, und endlich hatte er ein junges französisches Mädchen kennengelernt, das ein beträchtliches Vermögen besaß, und erfolgreich um sie angehalten.
Harry hätte in London leben oder ein Gut in einem hübschen Jagdrevier kaufen können, aber er zog es vor, in den Teil der Welt zurückzukehren, der ihm Heimat bedeutete. Und dort kaufte er in einem Anfall von Romantik einen verfallenen Herrensitz, in dessen Gesindehaus er seine Kindheit verbracht hatte.
Kingsdean House war seit nahezu siebzig Jahren unbe-

wohnt gewesen und allmählich immer mehr verfallen und verkommen. Ein älterer Hausmeister lebte mit seiner Frau in dem einzigen noch bewohnbaren Winkel. Es war ein weitläufiges, reizloses, pompöses Gebäude, und der Garten, überwuchert von üppiger Vegetation und verdüstert von Bäumen, wirkte wie die Höhle eines Zauberers.
Das Gesindehaus, ein freundliches, bescheidenes Gebäude, war für eine lange Reihe von Jahren an Major Laxton, Harrys Vater, vermietet gewesen. Als Knabe hatte Harry das Anwesen von Kingsdean durchstreift und kannte jeden Winkel im verwilderten Unterholz, und das alte Haus hatte ihn immer verzaubert.
Major Laxton war vor einigen Jahren gestorben, und so hätte Harry eigentlich keinen Grund gehabt zurückzukehren, aber trotzdem brachte er seine Braut in das Heim seiner Kindheit. Das verfallene alte Herrenhaus wurde abgerissen. Ein Heer von Baumeistern und Architekten schwärmte über den Platz, und in einer fast wundersam kurzen Zeitspanne – das kann nur Reichtum bewirken – erhob sich das neue Haus weiß und glänzend zwischen den Bäumen.
Als nächstes kam eine Schar von Gärtnern und nach ihnen eine Prozession von Möbelwagen.
Das Haus war fertig. Dienstboten trafen ein. Als letztes setzte eine teure Limousine Harry und Mrs. Harry vor dem Eingang ab.
Das Dorf war neugierig, und Mrs. Price, die das größte Haus besaß und sich zu den besten Kreisen des Ortes rechnete, verschickte Einladungskarten für eine Party, um die Braut kennenzulernen.
Es war ein großes Ereignis. Mehrere Damen hatten sich für die Gelegenheit neue Kleider gekauft. Alle waren neugierig, aufgeregt, und zitterten vor Verlangen, dieses Fabelwesen zu sehen. Es war wie ein Märchen, sagten sie.

Miss Harmon, eine sonnengegerbte, lebhafte alte Jungfer, drängte sich mit einer Frage durch die Menge in der Wohnzimmertür. Die kleine Miss Brent, eine dürre, säuerliche Frau, gab ihr aufgeregt Antwort.
»Ach, meine Liebe, ganz entzückend. So gute Manieren. Und so jung. Es macht einen richtig neidisch, jemand zu sehen, der einfach alles hat. Gutes Aussehen und Geld und Erziehung – äußerst vornehm, gar nichts Gewöhnliches an ihr –, und der liebe Harry hängt so an ihr!«
»Nun«, sagte Miss Harmon. »Es ist noch nicht aller Tage Abend.«
Miss Brents Nase zitterte aufgeregt. »Ach, meine Liebe, glauben Sie wirklich . . .«
»Wir wissen alle, wie Harry ist«, sagte Miss Harmon.
»Wir wissen, wie er war! Aber jetzt wird er doch . . .«
»Ach«, sagte Miss Harmon. »Männer sind immer gleich. Einmal ein Schwindler, immer ein Schwindler. Ich kenne sie.«
»Du lieber Gott. Das arme junge Ding.« Miss Brent sah sehr glücklich aus. »Ja, ich glaube, sie wird Ärger mit ihm haben. Man sollte sie warnen. Ich frage mich, ob sie von den alten Geschichten gehört hat.«
»Ich finde es unfair, daß sie nichts davon weiß«, sagte Miss Harmon. »So peinlich. Besonders weil es im Dorf nur diese eine Drogerie gibt.«
Denn die Tochter des Tabakhändlers war jetzt mit dem Drogisten, Mr. Edge, verheiratet.
»Es wäre sicher besser«, sagte Miss Brent, »wenn Mrs. Laxton bei Boot in Much Benham einkaufen würde.«
»Ich nehme an«, meinte Miss Harmon, »daß Harry Laxton ihr das selbst vorschlagen wird.«
Und wieder tauschten sie einen bedeutungsvollen Blick.
»Aber ich finde wirklich«, sagte Miss Harmon, »daß sie es wissen sollte.«

»Diese gemeinen Biester!« sagte Clarice Vane empört zu ihrem Onkel, Dr. Haydock. »Manche Leute sind wirklich schrecklich!«
Er sah sie neugierig an.
Sie war ein großes dunkles Mädchen, hübsch, warmherzig und impulsiv. Ihre großen braunen Augen blitzten vor Empörung, als sie sagte: »Mit ihren widerlichen Gerüchten und Andeutungen.«
»Über Harry Laxton?«
»Ja, über sein Verhältnis mit der Tochter des Tabakhändlers.«
»Ach, das!« Der Arzt zuckte die Achseln. »Die meisten jungen Männer haben so ein Verhältnis.«
»Natürlich haben sie das. Und es ist vorbei. Warum also darauf herumreiten? Und es nach Jahren wieder aufwärmen? Das ist wie Leichenfledderei.«
»Ja, ich glaube, meine Liebe, daß es auf dich so wirkt. Aber weißt du, sie haben hier wenig, worüber sie reden können, und deshalb neigen sie dazu, alte Skandale aufzubauschen. Aber mich würde interessieren, warum das dich so aufregt?«
Clarice Vane biß sich errötend auf die Lippen. Mit merkwürdig gedämpfter Stimme sagte sie: »Sie – sie sehen so glücklich aus. Die Laxtons meine ich. Sie sind jung und verliebt, und die Welt ist schön für sie. Ich hasse den Gedanken, daß das durch Andeutungen und Unterstellungen und Gerüchte und Gemeinheiten zerstört werden könnte.«
»Ja. Ich verstehe.«
Clarice fuhr fort. »Er hat gerade mit mir gesprochen. Er ist so zufrieden und glücklich und – ja, richtig aufgeregt –, daß er seinen Herzenswunsch erfüllt und ›Kingsdean‹ neu aufgebaut hat. Er ist wie ein Kind. Und sie – nun, ich glaube, sie hat nie im Leben auf etwas verzichten müssen. Sie hat immer alles gehabt. Du hast sie gesehen.

Was hältst du von ihr?«
Der Arzt antwortete nicht sofort. Andere Leute mochten Louise Laxton vielleicht beneiden. Ein verwöhntes Glückskind. Bei ihm hatte sie nur die Erinnerung an den Refrain eines alten Liedes geweckt, das er vor vielen Jahren gehört hatte, *Armes kleines reiches Mädchen* ...
Eine kleine zerbrechliche Gestalt mit flachsfarbenem Haar, das lockig und widerspenstig ihr Gesicht einrahmte, und große, sehnsüchtige blaue Augen.
Louise war ein bißchen erschöpft. Der lange Strom der Gratulanten hatte sie ermüdet. Sie hoffte, daß bald Zeit zum Aufbruch sein würde. Vielleicht war es schon soweit. Sie sah Harry von der Seite an. So groß und breitschultrig – mit seiner schlichten Freude an dieser schrecklichen, langweiligen Party.
Armes kleines reiches Mädchen ...

»Aaah!« Es war ein Seufzer der Erleichterung.
Harry warf seiner Frau einen belustigten Blick zu. Sie waren auf dem Rückweg von der Party.
»Liebling«, sagte sie. »Was für eine schreckliche Party!«
Harry lachte. »Ja, wirklich schrecklich. Aber du weißt, mein Schatz, es mußte sein. Alle diese alten Tanten kennen mich seit meiner Kindheit. Sie wären furchtbar enttäuscht gewesen, wenn sie dich nicht aus nächster Nähe hätten besichtigen können.«
Louise verzog das Gesicht. »Müssen wir sie oft sehen?« fragte sie.
»Wie? Aber nein. Sie kommen und machen ihre offiziellen Besuche mit Visitenkarten, und du erwiderst die Besuche, und dann brauchst du dich nicht mehr um sie zu kümmern. Du kannst dir deine eigenen Freunde suchen oder was immer du willst.«
Nach einer kurzen Pause sagte Louise: »Gibt es hier denn niemand, der ein bißchen amüsant ist?«

»Aber ja. Da gibt es den Jagdklub zum Beispiel. Obwohl du die vielleicht auch ein bißchen langweilig finden wirst. Sie interessieren sich fast nur für Hunde und Pferde. Du wirst natürlich reiten. Es wird dir Spaß machen. Drüben in Eglinton gibt es ein Pferd, das du dir ansehen solltest. Ein herrliches Tier, sehr gut abgerichtet, ohne Launen und mit viel Temperament.«
Der Wagen wurde langsamer, um in das Tor von »Kingsdean« einzufahren. Harry riß fluchend das Lenkrad herum und konnte einen Zusammenstoß gerade noch vermeiden, als eine groteske Gestalt mitten auf die Straße sprang. Dort stand sie, schüttelte die Faust und rief ihnen nach.
Louise packte ihn am Arm. »Wer ist das – diese schreckliche alte Frau?«
Harrys Gesicht war finster. »Das ist die alte Murgatroyd. Ihr Mann war Hausmeister in dem alten Haus. Sie haben dort fast dreißig Jahre gelebt.«
»Warum droht sie dir mit der Faust?«
Harrys Gesicht wurde rot. »Sie – nun, sie war dagegen, daß das Haus abgerissen wurde. Sie wurde natürlich entlassen. Ihr Mann ist seit zwei Jahren tot. Man sagt, daß sie seitdem ein bißchen sonderbar ist.«
»Muß sie – muß sie hungern?«
Louises Vorstellungen waren unklar und etwas melodramatisch. Reichtum verhindert den Kontakt mit der Wirklichkeit.
Harry war empört. »Mein Gott, Louise, was für ein Gedanke! Ich habe ihr natürlich eine Rente ausgesetzt, übrigens eine recht gute! Ich habe ihr ein kleines Haus besorgt und alles.«
»Aber was hat sie dann?« fragte Louise verwirrt.
Harry sah sie stirnrunzelnd an. »Wie soll ich das wissen? Sie ist verrückt. Sie liebte das Haus.«
»Aber es war doch eine Ruine, oder nicht?«

»Natürlich war es das, die Mauern verfallen, das Dach undicht, es war lebensgefährlich. Aber anscheinend hat es ihr etwas bedeutet. Sie hat dort sehr lange gelebt. Ach, ich weiß nicht! Die Alte ist verrückt, glaube ich.«
Louise sagte unsicher: »Ich glaube, sie hat – sie hat uns verflucht. Ach Harry, ich wollte, das hätte sie nicht getan.«

Louise hatte das Gefühl, daß ihr neues Heim durch die boshafte Gestalt dieser verrückten alten Frau vergiftet und verseucht war. Wenn sie mit dem Wagen fortfuhr, wenn sie ausritt, wenn sie mit den Hunden spazierenging, wartete immer die gleiche Gestalt auf sie. Da hockte sie, einen zerbeulten Hut auf den strähnigen eisengrauen Haaren, und murmelte Verwünschungen.
Louise kam zu der Überzeugung, daß Harry recht hatte – die alte Frau war wahnsinnig. Aber das machte die Sache keineswegs leichter. Mrs. Murgatroyd kam niemals wirklich bis zum Haus, sie stieß auch keine direkten Drohungen aus und wurde nicht gewalttätig. Ihre hockende Gestalt blieb immer draußen dicht vor dem Tor. Eine Anzeige bei der Polizei wäre nutzlos gewesen, und außerdem war Harry Laxton gegen ein solches Vorgehen. Er meinte, das würde nur die öffentliche Sympathie für die alte Frau wecken. Er nahm die Sache leichter als Louise.
»Mach dir keine Sorgen, Liebling. Sie wird diese albernen Späße bald leid sein. Vielleicht wollte sie es nur einmal ausprobieren.«
»Das tut sie nicht, Harry. Sie – sie haßt uns, das fühle ich. Sie – sie verflucht uns.«
»Sie ist keine Hexe, wenn sie auch so aussieht. Laß dich nicht verrückt machen.«
Louise schwieg. Jetzt, nachdem die ersten Aufregungen des Umzugs vorüber waren, fühlte sie sich sonderbar einsam und verlassen. Sie war an ein Leben in London und

an der Riviera gewöhnt gewesen. Sie wußte nichts vom englischen Landleben und hatte auch keine Neigung dazu. Sie verstand nichts von der Gartenarbeit, außer Blumen zu schneiden. Sie machte sich nichts aus Hunden. Die Nachbarn, die sie traf, langweilten sie. Am meisten Spaß machte ihr das Reiten, manchmal mit Harry, und wenn er mit dem Gut viel Arbeit hatte, allein. Sie trabte durch die Wälder und Felder und freute sich an dem leichten Gang des schönen Pferdes, das Harry ihr gekauft hatte. Aber selbst Prince Hal, ein lammfrommer kastanienbrauner Hengst, scheute und schnaubte, wenn er seine Herrin an der hingekauerten Gestalt der boshaften alten Frau vorbeitrug.
Eines Tages nahm Louise ihr Herz in beide Hände. Sie ging spazieren. Sie war an Mrs. Murgatroyd vorübergegangen, anscheinend ohne sie zu bemerken, aber plötzlich kehrte sie um und ging direkt auf sie zu. Etwas atemlos fragte sie: »Was gibt es? Was ist los? Was wollen Sie?«
Die alte Frau blinzelte sie an. Sie hatte ein verschlagenes dunkles Zigeunergesicht mit strähnigem, eisengrauem Haar und verschwommenen mißtrauischen Augen. Louise fragte sich, ob sie eine Trinkerin war.
Sie sprach mit jammernder, aber gleichzeitig drohender Stimme. »Was ich will, fragen Sie? Was wohl! Was man mir fortgenommen hat. Wer hat mich denn aus ›Kingsdean‹ vertrieben? Fast vierzig Jahre habe ich dort gewohnt, als Kind und als Frau. Es war sehr böse, mich dort hinauszuwerfen, und es wird Ihnen und ihm nur Unglück bringen.«
Louise sagte: »Sie haben doch ein hübsches kleines Haus und . . .«
Sie brach ab. Die alte Frau warf die Arme empor und kreischte: »Was nützt mir das? Ich will meinen eigenen Platz und mein eigenes Feuer, an dem ich all die Jahre ge-

sessen habe. Und ich sage Ihnen, Sie werden kein Glück finden in Ihrem neuen schönen Haus. Das Schwarze Verhängnis wartet auf Sie! Tod und Verderben und mein Fluch. Möge Ihr schönes Gesicht verfaulen.«

Louise drehte sich um und lief taumelnd davon. Sie dachte, ich muß von hier fort! Wir müssen das Haus verkaufen! Wir müssen fort von hier!

Im Augenblick schien das eine leichte Lösung für sie. Aber Harrys völliges Unverständnis machte es unmöglich. Er rief: »Von hier fortgehen? Das Haus verkaufen? Wegen der Drohung einer verrückten alten Frau? Du mußt wahnsinnig sein.«

»Nein, das bin ich nicht. Aber sie – sie ängstigt mich. Ich weiß, daß etwas geschehen wird.«

Harry Laxton sagte grimmig: »Überlaß mir Mrs. Murgatroyd. Ich regele das!«

Zwischen Clarice Vane und der jungen Mrs. Laxton hatte sich eine Freundschaft entwickelt. Sie waren fast gleichaltrig, obwohl sehr unterschiedlich im Charakter und im Geschmack. In Clarices Gegenwart fühlte Louise sich sicherer. Clarice war so vertrauenerweckend, so selbstsicher. Louise erwähnte die Sache von Mrs. Murgatroyd und ihren Drohungen, aber Clarice betrachtete die Angelegenheit eher als ärgerlich denn als beängstigend.

»Die Geschichte ist idiotisch«, meinte sie. »Und für dich wirklich lästig.«

»Weißt du, Clarice, manchmal habe ich richtig Angst. Ich kriege schreckliches Herzklopfen.«

»Unsinn. Du darfst dich dadurch nicht verrückt machen lassen. Sie wird es bald leid sein.«

Als es eine Weile still blieb, fragte Clarice: »Was ist los?« Louise wartete einen Augenblick, dann stieß sie die Antwort hervor. »Ich hasse diesen Ort! Ich hasse es, hier zu sein. Die Wälder und das Haus, und die schreckliche Stil-

le bei Nacht, und die sonderbaren Geräusche der Eulen. Ach, und die Leute und alles.«
»Die Leute? Was für Leute?«
»Die Leute im Dorf. Die spionierenden, schwatzhaften alten Schachteln.«
»Was haben sie gesagt?« fragte Clarice scharf.
»Ich weiß nicht. Nichts Bestimmtes. Aber sie haben krankhafte Gehirne. Wenn man mit ihnen spricht, hat man das Gefühl, keinem Menschen mehr trauen zu können – nicht einem Menschen...«
»Vergiß sie«, sagte Clarice streng. »Sie haben nichts außer ihrem Klatsch. Und den größten Teil des Unsinns, den sie erzählen, erfinden sie selbst.«
Louise sagte: »Ich wollte, ich wäre nie hierher gekommen. Aber Harry bewundert das Land.« Ihre Stimme wurde weich.
Und wie sie ihn bewundert, dachte Clarice. »Ich muß jetzt gehen«, sagte sie hastig.
»Ich lasse dich mit dem Wagen heimfahren. Komm bald wieder.«
Clarice nickte. Louise fühlte sich durch den Besuch ihrer neuen Freundin getröstet. Harry war froh, daß er sie bei besserer Laune vorfand, und von da an drängte er sie, Clarice sehr oft einzuladen.
Eines Tages sagte er: »Ich habe gute Nachrichten, Liebste.«
»Ach, was denn?«
»Die Sache mit der Murgatroyd ist geregelt. Sie hat einen Sohn in Amerika. Nun habe ich sie überredet, ihn zu besuchen. Ich zahle ihr die Überfahrt.«
»Ach Harry, wie wunderbar. Ich glaube, jetzt könnte ich ›Kingsdean‹ doch noch lieben.«
»Doch noch lieben? Aber es ist der schönste Platz der Welt!«
Louise schauderte. So schnell konnte sie sich von ihrer

abergläubischen Furcht nicht befreien. Wenn sich die Damen von St. Mary Mead auf das Vergnügen gefreut hatten der Braut Informationen über die Vergangenheit ihres Gatten zukommen zu lassen, so wurde ihnen dieses Vergnügen durch Harry Laxtons eigenes rasches Tätigwerden verdorben.
Miss Harmon und Clarice Vane waren gleichzeitig in Mr. Edges Drogerie, die eine um Mottenkugeln zu kaufen und die andere Borax, als Harry Laxton mit seiner Frau hereinkam.
Nach der Begrüßung der beiden Damen drehte Harry sich zum Ladentisch und wollte gerade eine Zahnbürste verlangen, als er mitten im Satz abbrach und mit freudiger Stimme rief: »Ja, wen sehe ich denn da? Das ist doch Bella.«
Mrs. Edge, die aus dem Hinterzimmer gekommen war, um sich der Kunden im Laden anzunehmen, zeigte ihre großen weißen Zähne und strahlte ihn freundlich an. Sie war ein dunkles, hübsches Mädchen gewesen und immer noch eine recht ansehnliche hübsche Frau, obwohl sie zugenommen hatte und ihre Gesichtszüge härter geworden waren. Aber ihre großen braunen Augen waren voll Wärme, als sie erwiderte: »Ja, ich bin Bella, Mr. Harry, und ich freue mich, Sie nach so langer Zeit zu sehen.«
Harry drehte sich zu seiner Frau um. »Bella ist eine alte Flamme von mir, Louise«, sagte er. »Ich war über beide Ohren verliebt. War es nicht so, Bella?«
»Genau so war es«, sagte Mrs. Edge.
Louise lachte. »Mein Mann ist sehr glücklich, alle seine alten Freunde wiederzusehen«, sagte sie.
»Ach«, erwiderte Mrs. Edge. »Wir haben Sie nicht vergessen, Mr. Harry. Es ist wie ein Märchen, daß Sie geheiratet und anstelle des alten verfallenen Gebäudes von ›Kingsdean‹ ein neues Haus gebaut haben.«
»Sie sehen glänzend aus«, sagte Harry, und Mrs. Edge

lachte und sagte, es ginge ihr auch gut, und was nun mit dieser Zahnbürste wäre?
Clarice, die den verwunderten Blick in Miss Harmons Gesicht sah, dachte frohlockend: Gut gemacht, Harry. Du hast ihnen die Mäuler gestopft.

Dr. Haydock fragte seine Nichte: »Was soll dieser Unsinn über die alte Mrs. Murgatroyd, die sich bei *Kingsdean* herumtreiben, die Fäuste schütteln und die neue Herrschaft verfluchen soll?«
»Das ist kein Unsinn. Es ist die Wahrheit. Es hat Louise schrecklich aufgeregt.«
»Sag ihr, sie soll sich keine Sorgen machen. Als die Murgatroyds noch Hausmeister waren, haben sie nie aufgehört, über das Haus zu schimpfen; sie blieben nur, weil Murgatroyd ein Trinker war und keine andere Arbeit bekam.«
»Ich werde es ihr sagen«, meinte Clarice zweifelnd. »Aber sie wird es vermutlich nicht glauben. Die alte Frau tobt vor Wut.«
»Aber als Kind hatte sie Harry sehr gern. Ich verstehe das nicht.«
Clarice sagte: »Nun ja, sie werden sie bald los sein. Harry bezahlt ihr die Überfahrt nach Amerika.«
Drei Tage später wurde Louise vom Pferd abgeworfen und starb.
Zwei Männer in einem Bäckerwagen waren Zeugen des Unfalls. Sie sahen, wie Louise durch das Tor ritt, sahen, wie die alte Frau aufsprang, auf der Straße stand, mit den Armen ruderte und schrie, sie sahen, wie das Pferd losrannte, schwankte und wie verrückt die Straße hinunterraste und wie Louise Laxton kopfüber hinunterstürzte.
Der eine beugte sich über die bewußtlose Gestalt und wußte nicht, was er tun sollte, und der andere rannte ins Haus, um Hilfe zu holen.

Harry Laxton stürzte mit bleichem Gesicht heraus. Sie hängten eine Tür des Lieferwagens aus, legten sie darauf und trugen sie ins Haus. Sie starb, ohne das Bewußtsein wiederzuerlangen, bevor der Arzt eintraf.
(Ende von Dr. Haydocks Manuskript.)

Als Dr. Haydock am nächsten Tag kam, freute er sich festzustellen, daß Miss Marples Wangen leicht gerötet waren und ihr Benehmen entschieden lebhafter war.
»Nun«, fragte er. »Wie lautet Ihr Spruch?«
»Wo liegt das Problem, Dr. Haydock?« erwiderte Miss Marple.
»Ach, meine Liebe, muß ich Ihnen das sagen?«
»Ich nehme an«, sagte Miss Marple, »daß es das sonderbare Verhalten der Hausmeisterin ist. Warum benahm sie sich so merkwürdig? Gewiß, die Leute wehren sich dagegen, aus ihren Häusern verdrängt zu werden. Aber es war nicht ihr Haus. Tatsächlich hat sie geschimpft und sich beschwert, solange sie dort wohnte. Ja, das sieht wirklich verdächtig aus. Was wurde übrigens aus ihr?«
»Sie verschwand nach Liverpool. Der Unfall hatte sie erschreckt. Sie wollte lieber dort auf das Schiff warten.«
»Für irgend jemand äußerst bequem«, sagte Miss Marple. »Ja, ich glaube, das Problem des Verhaltens der Hausmeisterin kann sehr leicht erklärt werden. Bestechung, oder nicht?«
»Ist das Ihr Vorschlag?«
»Nun, wenn das nicht ihr natürliches Verhalten war, muß sie eine ›Rolle‹ gespielt haben, und das bedeutet, daß jemand sie für dieses Spiel bezahlt hat.«
»Und wissen Sie auch, wer dieser jemand war?«
»Ach, ich glaube schon. Es hat wieder mit Geld zu tun. Und ich habe immer beobachtet, daß Männer stets den gleichen Typ verehren.«
»Jetzt komme ich nicht mehr mit.«

»Nun, es hängt alles zusammen. Harry Laxton verehrte Bella Edge, eine dunkle, lebhafte Frau. Ihre Nichte Clarice ist der gleiche Typ. Aber seine arme kleine Frau war ganz anders – blond und eher langweilig –, überhaupt nicht sein Typ. Deshalb muß er sie wegen ihres Geldes geheiratet haben. Und hat sie auch wegen ihres Geldes ermordet!«
»Sie benutzen das Wort ›Mord‹?«
„Ja, er scheint der richtige Typ zu sein. Er wirkt auf Frauen und ist völlig gewissenlos. Ich glaube, er wollte das Geld seiner Frau und dann Ihre Nichte heiraten. Man hat gesehen, wie er mit Mrs. Edge sprach. Aber ich glaube nicht, daß sie ihn noch interessierte. Obwohl ich behaupten möchte, daß er bei der armen Frau den gegenteiligen Eindruck erweckte, weil es seinem Ziel diente. Vermutlich stand sie unter seinem Einfluß.«
»Und wie glauben Sie, daß er sie ermordet hat?«
Miss Marple starrte für ein paar Minuten mit verträumten blauen Augen vor sich hin.
»Die Zeit war gut gewählt, mit dem Bäckerwagen als Zeugen. Sie sahen die alte Frau und natürlich gaben sie ihr die Schuld für das Scheuen des Pferdes. Aber ich könnte mir ein Luftgewehr vorstellen, oder vielleicht ein Katapult – er konnte mit einem Katapult gut umgehen, ja, in dem Augenblick, als das Pferd durch das Tor kam. Das Pferd bäumte sich natürlich auf, und Mrs. Laxton wurde abgeworfen.«
Stirnrunzelnd hielt sie inne.
»Der Sturz kann sie getötet haben. Aber dessen konnte er nicht sicher sein. Und er scheint ein Mann zu sein, der sorgfältig plant und nichts dem Zufall überläßt. Schließlich konnte ihm Mrs. Edge etwas Geeignetes besorgen, ohne daß ihr Mann davon erfuhr. Andererseits, warum sollte Harry sich sonst mit ihr abgeben? Ja, ich glaube, er hatte eine starke Droge zur Hand, die er ihr verabreichte,

bevor Sie eintrafen. Denn wenn eine Frau vom Pferd stürzt, ernsthafte Verletzungen hat und stirbt, ohne wieder zu Bewußtsein zu kommen, dann schöpft ein Arzt doch normalerweise keinen Verdacht, oder? Er würde es auf einen Schock oder so etwas zurückführen.«
Dr. Haydock nickte.
»Warum schöpfen Sie Verdacht?« fragte Miss Marple.
»Es war keine besondere Klugheit von mir«, sagte Dr. Haydock. »Es war nur die banale, allgemein bekannte Tatsache, daß ein Mörder so stolz auf seine Klugheit ist, daß er die nötigen Vorsichtsmaßnahmen vergißt. Ich sprach gerade ein paar tröstende Worte zu dem leidgeprüften Gatten – und der Bursche tat mir wirklich leid –, als er sich auf ein Sofa fallen ließ um mir seine Trauer vorzuspielen. Und dabei fiel ihm eine Injektionsspritze aus der Tasche.
Er hob sie rasch auf und sah so entsetzt aus, daß ich nachdenklich wurde. Harry Laxton war nicht drogensüchtig; er war völlig gesund; was tat er also mit einer Injektionsspritze? Bei der Obduktion behielt ich bestimmte Möglichkeiten im Auge. Ich fand Strophanthin. Der Rest war einfach. Es fand sich Strophanthin in Laxtons Besitz, und Bella Edge brach beim Polizeiverhör zusammen und gestand, es ihm gegeben zu haben. Und endlich gab die alte Mrs. Murgatroyd zu, daß Harry Laxton sie veranlaßt hatte, sich als fluchende Hexe zu gebärden.«
»Und Ihre Nichte hat es überstanden?«
»Ja. Sie war beeindruckt von dem Burschen, aber es ging nicht sehr tief.«
Der Arzt nahm sein Manuskript auf.
»Sie haben ein Lob verdient, Miss Marple; ich allerdings auch – für die ›Medizin‹, die ich Ihnen verschrieb. Sie sehen schon fast gesund aus.«

Die Perle

»Ach, bitte Madam, könnte ich Sie einen Moment sprechen?«
Eigentlich war diese Frage in sich widersinnig, da Edna, Miss Marples junges Dienstmädchen, bereits mit ihrer Herrin sprach.
Miss Marple ging bereitwillig auf Ednas Wunsch ein und sagte: »Natürlich, Edna, komm und schließ die Tür. Was gibt's?«
Gehorsam machte Edna die Tür zu und ging weiter ins Zimmer. Verlegen drehte sie den Zipfel ihrer Schürze zwischen den Fingern. Aufgeregt schluckte sie ein- oder zweimal.
»Na, was ist, Edna?« ermutigte sie Miss Marple.
»Oh, bitte, Ma'am, es geht um meine Kusine, Gladdie.«
»Du meine Güte!« Miss Marple dachte sogleich an die schlimmste – und leider meist zutreffende Möglichkeit. »Sie ist doch nicht...«
Hastig beteuerte Edna: »Oh, nein. Ma'am, nicht was Sie denken. Gladdie gehört nicht zu der Sorte Mädchen. Sie hat sich nur furchtbar aufgeregt. Sie hat ihre Stellung verloren.«
»Ach je, das tut mir leid. Sie hat in *Old Hall* gearbeitet, nicht wahr, bei Miss – den Schwestern – Skinner?«
»Ja, Ma'am, das ist richtig, Ma'am. Und Gladdie hat sich sehr darüber aufgeregt – sie ist ganz verstört.«
»Gladdie hat doch schon öfter die Stellung gewechselt?«
»Oh, ja, Ma'am. Sie hat gern Abwechslung und kann sich

nicht dazu entschließen, sich irgendwo niederzulassen, wenn Sie verstehen, was ich meine. Aber sie hat immer von sich aus gekündigt.«
»Und diesmal war es umgekehrt?« fragte Miss Marple ungerührt.
»Ja, Ma'am, und darüber regt sich Gladdie furchtbar auf.«
Das überraschte Miss Marple. Sie hatte Gladdie als stämmiges, beherztes Mädchen in Erinnerung, mit einem ausgeglichenen, unerschütterlichen Naturell. Gladdie war wiederholt auf eine Tasse Tee in die Küche gekommen, wenn sie ihren freien Tag hatte.
Edna erzählte weiter. »Wissen Sie, Ma'am, es war so eigenartig – wie Miss Skinner aussah.«
»Wie«, erkundigte sich Miss Marple geduldig, »hat denn Miss Skinner ausgesehen?«
Nun gab es kein Halten mehr für Edna, sie erzählte die ganze Geschichte. »Oh, Ma'am, es war so aufregend für Gladdie. Sehen Sie, Miss Emilys Brosche war verschwunden und alles wurde durchsucht, ein heilloses Durcheinander. So etwas ist unangenehm, das hat niemand gern. Und Gladdie hat eifrig mitgesucht. Miss Lavinia wollte die Polizei benachrichtigen, als die Brosche im hintersten Winkel einer Schublade entdeckt wurde. Gladdie war sehr froh darüber.
Und dann hat sie am nächsten Tag einen Teller zerbrochen. Miss Lavinia hat kurzerhand Gladdie gekündigt. Aber Gladdie glaubt, daß es nur ein Vorwand war, daß Miss Lavinia glaubt, sie hätte die Brosche gestohlen, und als sie damit drohte, die Polizei zu benachrichtigen, hätte sie sie schnell zurückgelegt, so daß sie gefunden wurde. Aber Gladdie würde so etwas niemals tun – niemals, und jetzt hat sie Angst, daß es sich herumspricht und sie in Verruf kommt, und das ist schlimm für ein Mädchen, wie Sie wissen, Ma'am.«
Miss Marple nickte. Obwohl sie die vorlaute, sehr von

sich eingenommene Gladdie nicht besonders mochte, war sie von ihrer Ehrlichkeit überzeugt und konnte sich gut vorstellen, daß das Mädchen zutiefst empört darüber war.
Verschämt fragte Edna: »Sie können ihr wohl nicht helfen, Ma'am? Gladdie ist ganz aus dem Häuschen.«
»Sag ihr, sie soll vernünftig bleiben«, antwortete Miss Marple forsch. »Wenn sie die Brosche nicht genommen hat – davon bin ich überzeugt –, dann hat sie keinen Grund sich aufzuregen.«
»Es wird sich herumsprechen«, gab Edna zu bedenken.
Miss Marple beruhigte sie: »Ich komme heute in die Gegend. Ich werde bei den Damen Skinner einen Besuch abstatten.«
»Oh, vielen Dank, Madam«, sagte Edna.

Old Hall war ein großes, viktorianisches Haus, umgeben von einem Park und Wäldern. Da niemand es in seinem ursprünglichen Zustand mieten oder kaufen wollte, kam ein Spekulant auf die Idee, es in vier Wohnungen aufzuteilen, eine Zentralheizung einzubauen und den Grund und Boden zur Benützung durch die Mieter freizugeben. Das Experiment glückte. Eine Wohnung wurde von einer reichen, exzentrischen Dame mit ihrem Dienstmädchen bezogen. Die alte Dame hatte eine Vorliebe für Vögel und fütterte ihre gefiederten Gäste mehrmals täglich. Die zweite Wohnung nahm ein pensionierter indischer Richter mit seiner Frau. Ein sehr junges, frisch verheiratetes Paar lebte in der dritten Wohnung, und die vierte war erst vor zwei Monaten an zwei alleinstehende Damen namens Skinner vermietet worden. Die vier Mietparteien verkehrten nur sehr oberflächlich miteinander, da sie keinerlei gemeinsame Interessen hatten.
Miss Marple kannte alle Mieter oberflächlich, hatte aber keinen näheren Kontakt zu ihnen. Die ältere Miss Skin-

ner, Miss Lavinia, könnte man als die aktive Teilhaberin der Firma bezeichnen. Miss Emily, die jüngere Schwester, verbrachte ihre Tage fast ausschließlich im Bett. Sie hatte verschiedene chronische Leiden – in St. Mary Mead sprach man von eingebildeten Krankheiten. Nur Miss Lavinia glaubte unbeirrt an das unverdiente Martyrium ihrer Schwester und bewunderte die unendliche Geduld, mit der sie diese Heimsuchungen ertrug.

In St. Mary Mead war man davon überzeugt, daß Miss Emily längst nach Dr. Haydock geschickt hätte, wenn nur ein Teil ihrer Leiden echt gewesen wäre. Einer diesbezüglichen Andeutung begegnete Miss Emily nur mit einem überheblichen Anheben der Augenbrauen und einer leise gemurmelten Bemerkung, daß sie kein einfacher Fall wäre – die besten Spezialisten Londons hätten vor einem Rätsel gestanden –, und nun behandelte eine Kapazität sie nach dem neuesten Stand der Wissenschaften.

»Und ich sage euch«, meinte Miss Hartnell unverblümt, »sie tut gut daran, ihn nicht holen zu lassen. Unser lieber Dr. Haydock würde ihr auf seine direkte Art sagen, daß ihr nichts fehlt und sie gefälligst aufstehen und kein Theater machen soll! Das würde ihr guttun!«

Da ihr jedoch diese willkürlichen Maßnahmen versagt blieben, lag Miss Emily weiterhin auf Sofas, umgeben von merkwürdigen kleinen Pillendöschen und wies alle Speisen ab, die extra für sie gekocht wurden, nur um etwas zu verlangen, das meistens schwierig und umständlich zu beschaffen war.

Eine sehr bedrückte Gladdie öffnete Miss Marple die Tür. Im Wohnzimmer (der frühere Salon war unterteilt worden in ein Wohn-, ein Eß- und ein Empfangszimmer) wurde sie von Miss Lavinia erwartet.

Lavinia Skinner war eine große, hagere, knochige Frau um die Fünfzig, mit einer rauhen Stimme und schroffem

Benehmen.
»Es freut mich, Sie zu sehen«, sagte sie. »Emily hat sich hingelegt, die Arme fühlt sich heute nicht wohl. Ihr Besuch würde ihr guttun, aber oft ist sie zu schwach, um jemanden zu empfangen. Die Arme, sie erträgt alles so geduldig.«
Miss Marple zeigte höfliches Verständnis. Da Dienstboten immer wieder ein beliebtes Gesprächsthema in St. Mary Mead waren, war es nicht schwierig, ihre Unterhaltung in diese Richtung zu lenken. Miss Marple bemerkte, daß sie gehört hätte, Gladys Holmes, dieses nette Mädchen wolle sie verlassen.
Miss Lavinia nickte. »Am Mittwoch in einer Woche. Sie hat Geschirr zerbrochen, das kann ich nicht dulden, verstehen Sie?«
Miss Marple seufzte und gab zu, daß man heutzutage gewisse Zugeständnisse machen müsse. Auf dem Land war es schwierig, Dienstmädchen zu bekommen. Ob es ein kluger Entschluß war, sich von Gladys zu trennen?
»Ich weiß selbst, wie schwierig es ist, Dienstboten zu finden«, gab Miss Lavinia zu. »Die Devereux suchen vergeblich – was mich nicht wundert – ewig streiten sie und hören Jazz-Musik die halbe Nacht – es gibt keine geregelte Essenszeit – die junge Frau hat keine Ahnung vom Haushalt, der Ehemann tut mir leid! Das indische Dienstmädchen der Larkins hat auch erst kürzlich gekündigt, kein Wunder bei den indischen Angewohnheiten des Richters. Um sechs Uhr morgens will er schon sein indisches Frühstück haben, sein ›chota hazri‹, wie er es nennt.«
»Könnte Sie das nicht veranlassen, Ihre Entscheidung bezüglich Gladys noch einmal zu überdenken? Sie ist wirklich ein nettes Mädchen. Ich kenne ihre Familie, ehrliche, anständige Leute.«
Miss Lavinia schüttelte den Kopf.

»Ich habe meine Gründe«, sagte sie nachdrücklich.
Miss Marple murmelte: »Sie haben eine Brosche vermißt, habe ich gehört . . .«
»Wie haben Sie denn das erfahren? Von dem Mädchen wahrscheinlich. Ehrlich gesagt, ich bin mir ziemlich sicher, daß sie sie genommen hat. Dann bekam sie es mit der Angst zu tun und hat sie zurückgelegt. Aber ich kann nichts sagen, ich habe keine Beweise.« Sie wechselte das Thema. »Miss Marple, wollen wir zu Emily hineingehen? Es würde sie sicherlich aufmuntern.«
Gehorsam folgte Miss Marple ihr zu einer Tür. Miss Lavinia klopfte und begleitete sie in das schönste Zimmer der Wohnung. Die Vorhänge waren halb zugezogen. Miss Emily lag im Bett und genoß offensichtlich das Dämmerlicht und ihr eigenes grenzenloses Leid.
Im gedämpften Licht war ein schmales, unscheinbares Geschöpf zu erkennen, die grauen Haarsträhnen zu einem unordentlichen Nest aufgetürmt, dessen sich jeder Vogel geschämt hätte. Im Zimmer roch es nach Eau de Cologne, altbackenem Zwieback und Kampfer. Mit halb geschlossenen Augen und einer dünnen, matten Stimme erklärte Emily Skinner, daß dies einer ihrer ›schlechten Tage‹ sei. »Das schlimmste für einen kranken Menschen«, sagte Miss Emily schmerzlich, »ist zu wissen, daß man seinen Mitmenschen zur Last fällt. Lavinia ist so gut zu mir. Liebe Lavinia, es widerstrebt mir so, dir Umstände zu machen. Wenn doch nur die Wärmflasche so gefüllt werden könnte, wie ich es gern habe – sie ist zu voll und dadurch zu schwer – ist nicht aber nicht genügend Wasser darin, wird sie sofort kalt!«
»Das tut mir leid, meine Liebe. Gib sie mir.«
»Vielleicht könnte sie bei der Gelegenheit frisch gefüllt werden. Es ist wohl kein Sandgebäck im Haus – nein, nein, es macht nichts. Ich kann darauf verzichten. Etwas dünnen Tee und eine Scheibe Zitrone – keine Zitronen?

Nein, wirklich nicht, ich kann Tee ohne Zitrone nicht trinken. Die Milch heute morgen war sauer, das hat mir den Appetit auf Tee mit Milch gründlich verdorben. Aber es macht nichts. Ich kann auf meinen Tee verzichten. Ich fühle mich nur so matt. Man sagt, Austern wären so nahrhaft. Ob mir einige Austern schmecken würden? Aber nein, das wäre zuviel verlangt, wo sollte man sie herbekommen zu dieser Tageszeit. Ich kann bis morgen damit warten.«

Lavinia murmelte etwas vor sich hin, das sich anhörte wie ›mit dem Rad ins Dorf fahren‹.

Miss Emily schenkte ihrem Gast ein schwaches Lächeln und wiederholte, wie verhaßt es ihr sei, andere zu bemühen.

Miss Marple berichtete Edna am selben Abend von ihrer vergeblichen Mission.

Leider hatte sich das Gerücht über Gladys' vermeintliche Unehrlichkeit bereits wie ein Lauffeuer im Dorf verbreitet.

In der Post sprach Miss Wetherby davon. »Meine liebe Jane, in ihrem Zeugnis steht, daß sie fleißig, umsichtig und anständig war, von Ehrlichkeit wurde nichts erwähnt. Das ist doch eindeutig! Ich habe gehört, es ging um eine Brosche. Es muß etwas Wahres daran sein, für nichts und wieder nichts trennt man sich heutzutage nicht von einem Dienstmädchen. Sie werden schwerlich Ersatz finden. Die Mädchen gehen nicht gern ins *Old Hall*. Wart's ab, die Skinners werden keine andere finden, und dann muß diese widerliche, hypochondrische Schwester vielleicht aufstehen und selbst was tun!«

Eine Welle der Empörung erfaßte das ganze Dorf, als bekannt wurde, daß die Misses Skinner durch die Vermittlung einer Agentur ein neues Dienstmädchen engagiert hatten. Nach allem, was man hörte, sollte es sich dabei um einen Ausbund von Tugend handeln.

»Sie hat ausgezeichnete Zeugnisse und Empfehlungsschreiben, liebt das Landleben und verlangt weniger Lohn als Gladys. Wir haben wirklich Glück gehabt.«
»Ja, tatsächlich, antwortete Miss Marple, als ihr Miss Lavinia diese Einzelheiten beim Fischhändler berichtete. »Fast zu schön, um wahr zu sein.«
In St. Mary Mead begann man zu hoffen, daß die Tugendhaftigkeit in Person in letzter Minute absagen würde.
Wie dem auch sei – keine der Prophezeiungen traf ein, und das ganze Dorf konnte die Ankunft der Perle namens Mary Higgins beobachten, wie sie sich in Reeds Taxi zum *Old Hall* fahren ließ. Man konnte nicht bestreiten, daß sie einen guten Eindruck machte. Sie war eine respektabel aussehende Frau, sehr geschmackvoll gekleidet. Als Miss Marple das nächste Mal *Old Hall* aufsuchte, um Mitwirkende für das bevorstehende Kirchenfest anzuwerben, öffnete ihr Mary Higgins die Tür. Sie war ohne Zweifel eine repräsentable Hausangestellte, ungefähr vierzig Jahre alt, mit gepflegtem schwarzem Haar, rosigen Wangen, einer rundlichen Figur, diskret in Schwarz gekleidet mit einer weißen Schürze und Haube – unverwechselbar der gute, altmodische Typ von Hausmädchen, wie Miss Marple sie später beschrieb. Dazu passend eine leise, wohlklingende Stimme, eine angenehme Abwechslung zu Gladys' lauter, nasaler Tonart.
Miss Lavinia machte einen wesentlich ruhigeren Eindruck, und obwohl sie es bedauerte, nicht aktiv am Kirchenfest mitwirken zu können – aus Rücksicht auf ihre Schwester –, beteiligte sie sich mit einer beachtlichen Summe.
Miss Marple gratulierte ihr zu ihrem guten Aussehen.
»Das habe ich größtenteils Mary zu verdanken. Ich bin so froh, daß ich mich dazu entschlossen habe, das andere Mädchen zu entlassen. Mary ist unschätzbar. Sie kocht

gut, serviert perfekt und hält unsere kleine Wohnung peinlich sauber. Und sie kann so gut mit Emily umgehen!«
Miss Marple erkundigte sich hastig nach Emilys Wohlergehen.
»Oh, die Arme. Es ist ihr in letzter Zeit nicht sehr gut gegangen. Sie kann natürlich nichts dafür, aber es ist oft recht schwierig. Sie hat Appetit auf ein bestimmtes Gericht, es wird für sie gekocht und dann mag sie nicht essen, bis sie plötzlich eine halbe Stunde später wieder danach verlangt. Da ist das Essen natürlich nicht mehr genießbar und muß erneut gekocht werden. Das macht sehr viel Arbeit, aber glücklicherweise scheint das Mary nichts auszumachen. Sie sagt, sie ist an den Umgang mit Kranken gewöhnt und versteht ihre Bedürfnisse. Was für eine Hilfe sie ist!«
»Meine Liebe«, sagte Miss Marple. »Welch ein Glück für Sie.«
»Ja, tatsächlich. Ich glaube fest daran, daß Mary uns als Antwort auf meine Bittgebete gesandt wurde.«
»Sie scheint mir fast zu perfekt zu sein«, warnte Miss Marple. »Ich an Ihrer Stelle wäre etwas vorsichtig.«
Lavinia Skinner mißverstand diese Bemerkung völlig. Sie sagte: »Oh! Ich versichere Ihnen, ich tue alles, um ihr das Leben hier erträglich zu machen. Ich wüßte nicht, was ich anfangen sollte, wenn sie uns verlassen würde.«
»Ich bin davon überzeugt, sie wird gehen, wann sie es für richtig hält«, betonte Miss Marple und schaute ihre Gastgeberin bedeutungsvoll an.
Miss Lavinia fuhr fort: »Es erleichtert das Leben sehr, wenn man keine häuslichen Probleme hat, nicht wahr? Wie kommen Sie mit Ihrer kleinen Edna zurecht?«
»Sie ist recht anstellig. Kein Vergleich zu Ihrer Mary natürlich. Doch weiß ich alles über Edna, weil sie ein Mädchen aus dem Dorf ist.«

Als sie auf den Gang hinaustrat, hörte sie die Kranke ärgerlich schimpfen. »Diese Kompresse ist völlig ausgetrocknet – Doktor Allerton hat ausdrücklich angeordnet, daß sie beständig feucht gehalten werden müssen. Jetzt lassen Sie schon. Ich möchte eine Tasse Tee und ein gekochtes Ei – dreieinhalb Minuten, denken Sie daran, und schicken Sie Miss Lavinia zu mir.«
Die tüchtige Mary trat aus dem Schlafzimmer, sagte zu Lavinia: »Miss Emily verlangt nach Ihnen, Madam«, öffnete die Tür für Miss Marple, half ihr in den Mantel und reichte ihr den Schirm.
Miss Marple nahm den Schirm, ließ ihn fallen, wollte ihn aufheben, ließ ihre Handtasche fallen, deren Inhalt sich über den Fußboden verstreute. Höflich sammelte Mary verschiedene Gegenstände auf – ein Taschentuch, einen Terminkalender, eine altmodische Lederbörse, zwei Shillinge, drei Pennies und ein gestreiftes Pfefferminzbonbon.
Miss Marple betrachtete das letztere verwirrt.
»O je, das stammt sicher von Mrs. Clements kleinem Jungen. Ich kann mich daran erinnern, daß er es gelutscht hat, als er meine Handtasche nahm, um damit zu spielen. Er muß es hineingetan haben. Es ist furchtbar klebrig, nicht wahr?«
»Soll ich es an mich nehmen, Madam?«
»Oh, würden Sie so freundlich sein. Vielen Dank.«
Mary bückte sich, um den letzten Gegenstand, einen kleinen Spiegel, aufzuheben. Miss Marple nahm, ihn entgegen und rief freudig aus: »Welch ein Glück, daß er nicht zerbrochen ist.«
Daraufhin verließ sie das Haus und Mary, die höflich mit völlig ausdruckslosem Gesicht in der Tür stand, ein Pfefferminzbonbon in der Hand.
Zehn Tage lang mußte St. Mary Mead sich den Lobgesang auf Miss Lavinias und Miss Emilys Perle anhören.

Am elften Tag gab es ein böses Erwachen.
Mary war verschwunden! Ihr Bett war unberührt und die Haustür nur angelehnt. Leise hatte sie sich während der Nacht davongeschlichen.
Und nicht nur Mary wurde vermißt! Zwei Broschen und fünf Ringe von Miss Lavinia und drei Ringe, ein Anhänger, ein Armband und vier Broschen von Miss Emily waren ebenfalls verschwunden!
Doch das war erst der Anfang der Katastrophe.
Der jungen Mrs. Devereux waren ihre Diamanten gestohlen worden, die sie in einer unverschlossenen Schublade aufbewahrt hatte und einige kostbare Pelze, die sie zur Hochzeit geschenkt bekommen hatte. Dem Richter und seiner Frau fehlten ebenfalls Schmuck und Geld. Mrs. Charmichael war am schlimmsten geschädigt worden. Sie hatte in ihrer Wohnung nicht nur kostbaren Schmuck, sondern auch eine größere Summe Geld aufbewahrt, die gestohlen worden waren. Es war Janets freier Abend gewesen, und Mrs. Charmichael hatte die Angewohnheit, in der Dämmerung im Garten spazieren zu gehen und ihre gefiederten Freunde zu füttern. Es war offensichtlich, daß Mary, das perfekte Hausmädchen, Schlüssel zu allen Wohnungen hatte!
Es muß zugegeben werden, daß die Schadenfreude groß war in St. Mary Mead. Miss Lavinia hatte so geprahlt mit ihrer fabelhaften Mary.
»Dabei war sie nur eine gewöhnliche Diebin!«
Es folgten weitere überraschende Entdeckungen. Mary hatte nicht nur das Weite gesucht, sondern hatte, wie die Agentur, die sie vermittelt und sich für ihren Leumund verbürgt hatte, gar nicht existiert. Mary Higgins war der Name eines unbescholtenen Dienstmädchens, das bei der Schwester eines Dekans angestellt gewesen war. Die wirkliche Mary Higgins lebte friedlich in einem Ort in Cornwall.

»Verdammt schlau eingefädelt«, mußte Inspektor Slack gezwungenermaßen zugeben. »Diese Frau gehört zu einer Bande. Es gab einen ähnlichen Fall vor einem Jahr in Northumberland. Das Diebesgut ist nie wieder aufgetaucht, und sie wurde nicht erwischt. Wie auch immer – uns wird sie nicht entkommen!«

Inspektor Slack war ein sehr zuversichtlicher Mann.

Aber die Wochen verstrichen, und Mary Higgins war immer noch auf freiem Fuß. Allen Anstrengungen zum Trotz gelang es Inspektor Slack nicht, sie aufzuspüren.

Miss Lavinia war verbittert. Miss Emily hatte sich so aufgeregt, daß sie aus Angst tatsächlich nach Dr. Haydock schickte.

Das ganze Dorf war begierig zu erfahren, was er von Miss Emilys vorgegebenen Krankheiten hielt. Da man ihn aber nicht direkt fragen konnte, wurde die Neugierde schließlich durch die Auskunft des Apothekergehilfen gestillt. Dr. Haydock hatte Miss Emily eine Mixtur aus Asafötida und Baldrian verschrieben – ein altbekanntes Heilmittel, das Simulanten in der Armee verabreicht wurde!

Bald darauf erfuhr man, daß Miss Emily, enttäuscht über die unzureichende ärztliche Behandlung, die ihr widerfahren war, es vorzog, in die Nähe eines Spezialisten in London zu übersiedeln. Sie gab vor, dies nur wegen Lavinia beschlossen zu haben.

Die Wohnung wurde zur Weitervermietung ausgeschrieben.

Einige Tage danach erschien eine aufgeregte Miss Marple im Polizeirevier von Much Benham und fragte nach Inspektor Slack.

Inspektor Slack mochte Miss Marple nicht. Aber er wußte, daß der Polizeichef, Oberst Melchett, seine Abneigung nicht teilte. Daher empfing er sie widerwillig.

»Guten Tag, Miss Marple, was kann ich für Sie tun?«
»Oh«, sagte Miss Marple. »Sie scheinen wenig Zeit zu haben.«
»Ich habe viel zu tun«, antwortete Inspektor Slack, »aber ich kann einige Minuten erübrigen.«
»O je«, sagte Miss Marple. »Hoffentlich kann ich mich verständlich machen, es ist oft so schwierig, sich richtig auszudrücken, finden Sie nicht auch? Nein, Sie kennen diese Schwierigkeiten nicht. Aber verstehen Sie, für jemanden, der nicht modern erzogen worden ist – ich war nur Gouvernante, die etwas über die Könige von England erzählen konnte und ein bißchen Allgemeinwissen weitergeben konnte – zum Beispiel über die drei Krankheiten von Weizen – Fäulnis, Mehltau – was war die dritte doch gleich – war es Getreidebrand?«
»Wollen Sie mir etwas über Getreidebrand erzählen?« fragte Inspektor Slack und errötete leicht.
»Oh, nein, nein«, wehrte Miss Marple hastig ab. »Damit will ich nur veranschaulichen, wie leicht man abschweifen kann. Man lernt nicht, bei der Sache zu bleiben. Und genau das will ich tun. Es dreht sich um Miss Skinners Dienstmädchen, Gladys, verstehen Sie?«
»Mary Higgins«, verbesserte Inspektor Slack.
»Ja, das zweite Mädchen. Aber ich meine Gladys Holmes – eine ziemlich unverschämte und eingebildete Person – aber grundehrlich. Und es ist so wichtig, daß das anerkannt wird.«
»Es liegt keine Anzeige gegen sie vor«, sagte der Inspektor.
»Nein, ich weiß, daß keine Anzeige vorliegt – um so schlimmer. Verstehen Sie, die Leute denken weiterhin daran. O je – ich fürchte, ich drücke mich sehr umständlich aus. Was ich eigentlich sagen will, ist, daß es wichtig ist, Mary Higgins zu finden.«
»Nun«, meinte Inspektor Slack, »was würden Sie vor-

schlagen?«
»Ich habe mir tatsächlich Gedanken darüber gemacht«, gab Miss Marple zu. »Darf ich Sie etwas fragen? Würden Ihnen Fingerabdrücke weiterhelfen?«
»Ah«, rief Inspektor Slack aus. »Sie ist sehr schlau vorgegangen. Sie hat anscheinend nur mit Handschuhen gearbeitet. Sie hat sorgfältig alle Fingerabdrücke abgewischt – in ihrem Schlafzimmer, am Waschbecken, überall. Wir haben im ganzen Haus keinen einzigen Fingerabdruck entdeckt!«
»Wäre es von Nutzen, wenn Sie ihre Fingerabdrücke hätten?«
»Möglicherweise, Madam. Sie könnten bei Scotland Yard registriert sein. Ich vermute, es war nicht ihr erstes Verbrechen!«
Miss Marple nickte lebhaft. Sie öffnete ihre Handtasche und nahm eine kleine Schachtel heraus. Darin lag, sorgfältig in Watte verpackt, ein kleiner Spiegel.
»Aus meiner Handtasche«, erklärte Miss Marple. »Die Fingerabdrücke des Hausmädchens sind darauf. Sie dürften deutlich abgezeichnet sein, sie hatte kurz zuvor eine äußerst klebrige Masse berührt.«
Inspektor Slack starrte sie an. »Haben Sie sie den Spiegel vorsätzlich berühren lassen?«
»Natürlich.«
»Sie haben sie verdächtigt?«
»Ich war nur mißtrauisch, sie schien mir zu perfekt zu sein. Ich habe sogar Miss Lavinia darauf hingewiesen, aber sie wollte mich nicht verstehen. Herr Inspektor, ich muß Ihnen gestehen, daß ich leider nicht an Tugendbolde glauben kann. Wir haben alle unsere Fehler – und im häuslichen Bereich erkennt man sie sehr schnell!«
»Ich muß schon sagen«, Inspektor Slack gewann mühsam die Fassung wieder, »ich bin Ihnen sehr zu Dank verpflichtet. Wir werden die Fingerabdrücke dem Yard ein-

senden und abwarten, was dabei herauskommt.«
Er verstummte. Miss Marple hatte den Kopf leicht zur Seite geneigt und sah ihn bedeutungsvoll an.
»Könnten Sie vielleicht in Betracht ziehen, der Sache hier auf den Grund zu gehen?«
»Was meinen Sie damit, Miss Marple?«
»Es ist schwierig, das zu erklären. Oft stören einen Kleinigkeiten, etwas kommt einem seltsam vor, obwohl es meist nichts zu bedeuten hat. Etwas war eigentümlich an der Geschichte mit Gladys und der Brosche. Sie ist ein ehrliches Mädchen; sie hat die Brosche nicht genommen. Warum hat Miss Skinner sie verdächtigt? Miss Skinner ist nicht dumm, im Gegenteil! Warum hat sie so darauf gedrängt, ein gutes Dienstmädchen loszuwerden, wenn Dienstboten so schwer zu bekommen sind? Das kam mir seltsam vor, verstehen Sie? Ich habe mich darüber gewundert und fing an nachzudenken. Es gab noch eine zweite Eigentümlichkeit, die mir keine Ruhe ließ! Miss Emily ist ein Hypochonder, aber sie ist der erste Hypochonder, der nicht sofort nach einem Doktor gerufen hat. Hypochonder lieben Ärzte. Miss Emily lehnte sie ab!«
»Was vermuten Sie, Miss Marple?«
»Miss Lavinia und Miss Emily kommen mir sehr verdächtig vor. Miss Emily verbringt ihre Zeit fast ausschließlich in einem abgedunkelten Zimmer. Und wenn sie nicht eine Perücke trug, dann will ich auf der Stelle meinen falschen Zopf aufessen! Ich behaupte, daß es durchaus möglich ist, daß eine schwache, blasse, grauhaarige, jammernde Frau identisch sein kann mit einer schwarzhaarigen, rotwangigen, rundlichen Frau. Es gibt niemanden, der Miss Emily und Mary Higgins jemals zusammen gesehen hat.
Sie hatte genügend Zeit, um sich Abdrücke von allen Schlüsseln zu besorgen, die Gewohnheiten der Mieter auszuforschen und sich dann ihres Dienstmädchens aus

dem Ort zu entledigen. Miss Emily geht nachts zu Fuß zum Bahnhof, um sich von dort als Mary Higgins am nächsten Tag abholen zu lassen. Und dann, im geeigneten Moment verschwindet Mary Higgins und zieht den Verdacht auf sich. Ich sage Ihnen, wo Sie sie finden können, Inspektor. Auf Miss Emily Skinners Sofa! Besorgen Sie sich ihre Fingerabdrücke, falls Sie mir nicht glauben, aber Sie werden sehen, daß ich recht habe! Die Skinners sind ein mit allen Wassern gewaschenes, raffiniertes Diebespärchen und stecken zweifelsohne mit anderen unter einer Decke. Aber diesmal kommen sie nicht ungeschoren davon! Ich werde es nicht zulassen, daß der Ruf eines der Mädchen aus dem Dorf darunter leidet. Gladys Holmes ist ein ehrlicher Mensch, und alle werden es erfahren! Guten Tag!«
Miss Marple war hinausstolziert, ehe Inspektor Slack sich von seinem Schock erholt hatte.
»Puh!« murmelte er. »Ob sie recht hat?«
Er mußte bald erkennen, daß Miss Marple wieder einmal richtig vermutet hatte.
Oberst Melchett gratulierte Slack und lobte ihn wegen seiner Tüchtigkeit, und Miss Marple redete Gladys ins Gewissen, als sie bei Edna zu Besuch war, sich endlich eine dauerhafte Stellung zu suchen.

Die Uhr war Zeuge

Gedankenvoll blickte der zierliche Mr. Sattersway seinen Gastgeber an. Zwischen den beiden Männern herrschte eine merkwürdige Freundschaft. Der Oberst entstammte dem Landadel und hatte eine einzige Leidenschaft: den Sport. Die wenigen Wochen des Jahres, die er aus geschäftlichen Gründen in London verbringen mußte, machten ihm nie Freude. Mr. Sattersway hingegen war ein Stadtmensch, der alles über französische Küche, die neueste Mode und die letzten Skandale wußte. Das Studium der menschlichen Natur war seine Leidenschaft. Darin hatte er es zur Meisterschaft gebracht.
Deshalb schien es so, als hätten er und Oberst Melrose wenig Gemeinsames, denn der Oberst zeigte kaum Interesse für die Angelegenheiten seiner Mitmenschen und verabscheute Emotionen. Hauptsächlich waren die Männer Freunde, weil schon ihre Väter befreundet gewesen waren. Außerdem hatten sie denselben Bekanntenkreis und die gleichen reaktionären Ansichten über die *noueaux riches*.
Es war gegen halb acht Uhr abends. Die beiden Männer saßen in dem gemütlichen Arbeitszimmer von Melrose. Der Oberst berichtete mit dem Enthusiasmus des begeisterten Reiters von einer Jagd im letzten Winter. Mr. Sattersway, dessen Kenntnisse über Pferde hauptsächlich aus gelegentlichen Besuchen in den Reitställen seiner ländlichen Gastgeber herrührten, hörte ihm mit unerschütterlicher Höflichkeit zu.

Das schrille Läuten des Telefons unterbrach Melrose. Er ging zum Schreibtisch und nahm den Hörer ab.
»Hallo, ja? Oberst Melrose am Apparat. Was gibt's?«
Seine Haltung änderte sich, wurde offiziell und steif. Jetzt sprach der Amtsträger, nicht mehr der Sportsmann. Er hörte einige Augenblicke gespannt zu, dann antwortete er knapp: »In Ordnung, Curtis, ich komme sofort.«
Während er den Hörer auflegte, sagte er zu seinem Gast: »Man hat Sir James Dwighton in seiner Bibliothek aufgefunden – ermordet.«
»Um Gottes willen!« entfuhr es Mr. Sattersway überrascht.
»Ich muß sofort nach *Alderway*. Möchten Sie mitkommen?«
Jetzt fiel Mr. Sattersway ein, daß der Oberst Polizeichef der Grafschaft war. Er zögerte. »Wenn ich nicht störe . . .«
»Aber überhaupt nicht. Inspektor Curtis war am Apparat. Er ist ein gutmütiger, ehrlicher Bursche, aber nicht gerade der intelligenteste. Ich wäre froh, wenn Sie mitkämen, Sattersway. Mein Gefühl sagt mir, daß dies eine häßliche Sache wird.«
»Hat man den Täter schon gefaßt?«
»Nein«, antwortete Melrose kurz.
Mr. Sattersways geübtes Ohr spürte eine winzige Zurückhaltung hinter dieser knappen Verneinung. Er begann, in seinem Gedächtnis zu kramen, was er über die Dwightons wußte.
Ein hochmütiger alter Knabe war Sir James gewesen, immer barsch und kurz angebunden. Ein solcher Mann schafft sich leicht Feinde. Er ging auf die Sechzig zu, hatte graues Haar und eine rosige Gesichtsfarbe und stand in dem Ruf, äußerst geizig zu sein.
Vor Sattersways geistigem Auge erschien Lady Dwighton, jung, schlank, mit kastanienbraunem Haar. Er erinnerte sich an gewisse Gerüchte, Vermutungen, gehäs-

sigen Klatsch. Das war es also, was Melrose nicht gefiel. Doch dann riß sich Sattersway zusammen – seine Phantasie ging wieder einmal mit ihm durch.
Fünf Minuten später saß er neben seinem Gastgeber in einem kleinen Zweisitzer, und sie fuhren hinaus in die Nacht.
Der Oberst war ein wortkarger Mensch. Fast anderthalb Meilen hatten sie schon zurückgelegt, als er unvermittelt fragte: »Sie kennen sie, nehme ich an?«
»Die Dwightons? Selbstverständlich, ich weiß alles über sie.« Wen gab es schon, über den Mr. Sattersway nicht alles wußte? »Ihn habe ich, glaube ich, einmal getroffen, sie des öfteren.«
»Hübsche Frau«, sagte Melrose.
»Eine schöne Frau!« stellte Mr. Sattersway fest.
»Glauben Sie?«
»Eine Gestalt wie aus der Renaissance«, bekräftigte Mr. Sattersway, sich an dem Thema erwärmend. »Ich habe sie in einer Theateraufführung erlebt – die Wohltätigkeitsveranstaltung, erinnern Sie sich, im letzten Frühjahr. Sie hat mich sehr beeindruckt. Es ist nichts Modernes an ihr – sie wirkt wie aus vergangenen Zeiten. Man kann sie sich gut in einem Dogenpalast vorstellen oder als Lucretia Borgia.«
Der Wagen machte einen leichten Schlenker, und Mr. Sattersway schwieg abrupt. Wie war er nur auf den peinlichen Vergleich mit Lucretia Borgia gekommen? Unter den gegebenen Umständen... »Dwighton wurde doch nicht etwa vergiftet?« fragte er übergangslos.
Melrose warf ihm einen leicht verwunderten Blick zu. »Darf ich wissen, warum Sie das fragen?«
»Oh, ich... ich weiß nicht«, antwortete Mr. Sattersway verwirrt. »Es... es kam mir nur gerade so in den Sinn.«
»Nein, er wurde nicht vergiftet«, erklärte Melrose düster. »Wenn Sie es genau wissen wollen: Man hat ihm den

Schädel eingeschlagen.«
»Mit einem stumpfen Gegenstand«, murmelte Mr. Sattersway und wiegte wissend den Kopf.
»Reden Sie doch nicht wie in einem verdammten Kriminalroman, Sattersway! Er wurde mit einer Bronzefigur erschlagen.«
»Aha«, sagte Sattersway und versank wieder in Schweigen.
»Haben Sie schon mal was von einem Burschen namens Paul Delangua gehört?« fragte Melrose nach einer Weile.
»Ja. Gutaussehender junger Mann.«
»Ich kann mir vorstellen, die Frauen halten ihn dafür«, knurrte der Oberst.
»Sie können ihn nicht leiden?«
»Nein.«
»Und ich war vom Gegenteil überzeugt. Er ist doch ein sehr guter Reiter.«
»Benimmt sich aber wie alle Ausländer beim Reiten. Steckt voll alberner Streiche.«
Mr. Sattersway unterdrückte ein Lächeln. Der gute alte Melrose war so typisch britisch in seinen Ansichten. Als Kosmopolit, für den Sattersway sich hielt, konnte er über die provinzielle Art, mit der seine Landsleute auf Fremde herabsahen, nur lächeln.
»Ist Delangua hier in der Gegend?« fragte er.
»Er hielt sich auf *Alderway* bei den Dwightons auf. Man munkelt, daß Sir James ihn vor einer Woche rausgeworfen hat.«
»Warum?«
»Hat ihn erwischt, als er seiner Frau den Hof machte, nehme ich an. Was, zum Teufel ...«
Der Wagen geriet durch plötzliches Bremsen ins Schleudern, dann krachte es.
»Sehr gefährliche Kreuzungen, hier in England«, meinte Melrose. »Trotzdem, der andere hätte hupen müssen.

Wir sind auf der Hauptstraße und haben Vorfahrt. Ich glaube, daß er mehr abgekriegt hat als wir.«
Er stieg aus. Aus dem anderen Wagen tauchte gleichfalls eine Gestalt auf, die auf den Oberst zuging. Sattersway konnte Bruchstücke ihres Gespräches verstehen.
»Ich fürchte, das war ganz und gar mein Fehler«, sagte der Fremde. »Aber ich bin fremd hier, und es war absolut nicht zu erkennen, daß Sie sich auf einer Vorfahrtsstraße näherten.«
Der Oberst war besänftigt. Die beiden Männer beugten sich über den fremden Wagen, den ein Chauffeur bereits untersuchte. Das Gespräch verlor sich in technischen Einzelheiten.
»Eine Sache von einer halben Stunde, fürchte ich«, sagte der Fremde. »Aber lassen Sie sich bitte durch mich nicht aufhalten. Ich bin froh, daß Ihr Wagen nicht viel abbekommen hat.«
Melrose wollte gerade antworten, doch er wurde durch Mr. Sattersway unterbrochen, der in freudiger Erregung aus dem Wagen gestiegen war und dem Fremden nun überschwenglich die Hand schüttelte.
»Sie sind es tatsächlich! Ich habe sofort Ihre Stimme erkannt!« rief er aufgeregt. »Was für eine Überraschung! Was für eine außerordentliche Überraschung!«
Oberst Melrose sah Sattersway verwundert an.
»Das ist Mr. Harley Quin, Melrose. Ich bin sicher, daß ich Ihnen schon oft von Mr. Quin erzählt habe.«
Der Oberst konnte sich offensichtlich nicht daran erinnern, hörte aber höflich zu, während Mr. Sattersway munter weitersprach: »Ich habe Sie nicht mehr gesehen seit ... lassen Sie mich überlegen ...«
»Seit dem Abend in den *Schellen und Narren*«, entgegnete der andere gelassen.
»*Schellen und Narren?*« warf der Oberst ein.
»Das ist ein Gasthof«, erklärte Mr. Sattersway.

»Was für ein merkwürdiger Name für einen Gasthof«, meinte der Oberst.
»Nur ein ziemlich alter Name«, entgegnete Sattersway. »Sie erinnern sich sicherlich, daß es eine Zeit in England gab, da Narren und ihre Schellen viel häufiger waren als heute.«
»Ja, das stimmt allerdings«, sagte Melrose und blinzelte den Fremden verwirrt an. Durch einen eigentümlichen Lichteffekt – hervorgerufen durch die Scheinwerfer des einen und die Rücklichter des anderen Wagens – sah es einen Augenblick so aus, als wäre auch Mr. Quin in ein Narrengewand gehüllt. Aber nur das Licht rief diesen seltsamen Eindruck hervor.
»Wir können Sie hier nicht einfach zurücklassen«, fuhr Mr. Sattersway fort. »Sie müssen mitkommen. Es ist genügend Platz für drei, nicht wahr, Melrose?«
»Ja, vermutlich«, sagte Melrose zögernd. »Nur haben wir etwas zu erledigen. Erinnern Sie sich, Sattersway?«
Mr. Sattersway stand wie erstarrt da. Gedanken schossen ihm durch den Kopf, dann rief er aufgeregt: »Nein, ich hätte es besser wissen müssen. Es war kein Zufall, daß wir heute nacht auf der Kreuzung zusammenstießen.«
Oberst Melrose starrte seinen Freund verwundert an. Sattersway ergriff seinen Arm.
»Erinnern Sie sich, was ich Ihnen über unseren Freund Derek Capel erzählte? Das Motiv für seinen Selbstmord, das niemand herausfinden konnte? Es war Mr. Quin, der das Problem löste – und noch viele andere. Er macht die Menschen auf Dinge aufmerksam, die ihnen ohne seine Hilfe verborgen bleiben würden. Er ist einfach großartig!«
»Mein lieber Sattersway, Sie bringen mich in Verlegenheit«, sagte Mr. Quin lächelnd. »Wenn ich mich recht erinnere, wurden diese Fälle alle von Ihnen gelöst, nicht von mir.«

»Sie wurden gelöst, weil Sie dabei waren«, sagte Mr. Sattersway im Brustton der Überzeugung.
Oberst Melrose räusperte sich unbehaglich und sagte: »Wir dürfen keine Zeit mehr verlieren. Fahren wir!«
Er schwang sich auf den Fahrersitz. Offensichtlich war er nicht sehr darüber erfreut, daß Sattersway ihm in seiner Begeisterung die Gesellschaft des Fremden aufgezwungen hatte, fand aber keinen überzeugenden Ablehnungsgrund und war im übrigen nur daran interessiert, so schnell wie möglich nach *Alderway* zu kommen.
Mr. Sattersway ließ Mr. Quin als nächsten einsteigen und nahm selbst auf dem äußeren Sitz Platz. Der Wagen war so geräumig, daß die drei Männer fast bequem in ihm sitzen konnten.
»Sie interessieren sich also für Verbrechen, Mr. Quin?« fragte der Oberst, bemüht, möglichst freundlich zu sein.
»Nein, eigentlich nicht für Verbrechen.«
»Für was denn, wenn ich fragen darf?«
Mr. Quin lächelte. »Fragen wir Mr. Sattersway. Er ist ein sehr scharfer Beobachter.«
»Ich glaube«, sagte Mr. Sattersway langsam, »und vielleicht täusche ich mich auch, aber ich glaube, Mr. Quins Interesse gilt – Liebenden.«
Mr. Sattersway errötete bei dem letzten Wort, das kein Engländer ohne Befangenheit ausspricht. Es kam so zögernd über seine Lippen, daß man die Gänsefüßchen förmlich mithörte.
»Mein Gott!« entgegnete der Oberst überrascht und verstummte. Sattersway schien da einen ziemlich seltsamen Vogel aufgegabelt zu haben, dachte er. Er musterte ihn verstohlen von der Seite. Sah eigentlich ganz normal aus, der Bursche, ziemlich dunkel, aber überhaupt nicht wie ein Ausländer.
»Und nun«, sagte Mr. Sattersway in bedeutsamem Ton, »möchte ich Ihnen alles über den Fall erzählen.«

Er sprach etwa zehn Minuten. Und wie er in der Dunkelheit dasaß, während sie durch die Nacht fuhren, empfand er ein berauschendes Gefühl der Macht. Was bedeutete es schon, daß er nur ein unbeteiligter Beobachter des menschlichen Lebens war? Ihm stand die Gewalt der Sprache zur Verfügung, er konnte Worte zu einem Gemälde zusammenfügen – einem Gemälde aus der Zeit der Renaissance, mit dem schönen Abbild der rothaarigen, blaßhäutigen Laura Dwighton und der etwas zwielichtigen Figur eines Paul Delangua, den die Frauen so anziehend fanden.
Gemalt vor dem Hintergrund von *Alderway*, dem Herrensitz, der noch aus der Zeit Heinrich VII. stammte, ja angeblich sogar noch älter war. *Alderway*, das so durch und durch englisch war, mit seinen zurechtgestutzten Eiben, der alten Fachwerkscheune und dem Fischteich, in dem einst die Mönche ihre Freitagskarpfen gezüchtet hatten.
Mit einigen kräftigen Strichen fügte er Sir James Dwighton hinzu, einen echten Nachfahren der alten De Wittons, die in früheren Jahrhunderten dem Land ihr Geld abgepreßt und es in eisenbeschlagenen Truhen gehortet hatten, so daß die Herren von *Alderway* niemals verarmten, mochten die Zeiten für andere auch noch so schlecht sein.
Endlich schwieg Mr. Sattersway. Er war sich der Anteilnahme seiner Zuhörer sicher. Nun wartete er auf sein verdientes Lob. Und er bekam es.
»Sie sind ein Künstler, Mr. Sattersway!«
»Ich ... ich tue mein Bestes.« Plötzlich wurde der kleine Mann bescheiden.
Vor ein paar Minuten waren sie durch das große Parktor gefahren. Nun hielten sie vor dem Portal des Hauses. Ein Polizist kam eilig die Treppe hinunter, um sie zu begrüßen.
»Guten Abend, Sir. Inspektor Curtis ist in der Biblio-

thek.«
»In Ordnung.«
Melrose eilte die Stufen hinauf, gefolgt von seinen Begleitern. Während die drei die weite Halle durchquerten, spähte ein ältlicher Butler ängstlich aus einer Tür. Melrose nickte ihm zu.
»Guten Abend, Miles. Was für eine traurige Geschichte!«
»Das ist sie in der Tat«, entgegnete der andere zitternd. »Ich kann es noch gar nicht fassen, Sir. Zu denken, daß jemand unseren Herrn erschlagen hat ...«
»Ja, ja«, unterbrach ihn Melrose. »Ich werde mich später noch mit Ihnen unterhalten.«
Er eilte weiter in die Bibliothek, wo ihn ein großer, soldatisch aussehender Polizeibeamter respektvoll begrüßte.
»Schreckliche Geschichte, Sir. Ich habe nichts verändert. Keine Fingerabdrücke auf der Tatwaffe. Wer es auch getan hat, er verstand sein Geschäft.« Sattersway blickte auf die zusammengesunkene Gestalt, die an dem großen Schreibtisch saß, und sah schnell wieder weg. Der Lord war von hinten erschlagen worden, mit einem wuchtigen Schlag, der die Schädeldecke zertrümmert hatte. Es war kein schöner Anblick.
Die Tatwaffe lag auf dem Boden – eine Bronzefigur, etwa sechzig Zentimeter groß, der Sockel feucht und blutbefleckt. Mr. Sattersway beugte sich neugierig darüber.
»Eine Venus«, sagte er leise. »So wurde sein Leben also durch Venus, die Göttin der Liebe, beendet.«
»Die Flügeltüren waren alle geschlossen und von innen verriegelt«, erläuterte der Inspektor und schwieg dann bedeutungsvoll.
»Demnach kam der Täter aus dem Haus«, stellte der Polizeichef widerstrebend fest. »Nun, wir werden sehen.«
Der Ermordete trug Golfkleidung, und eine Tasche mit Golfschlägern lag auf einem großen Ledersofa.
»Er war gerade vom Golfplatz zurückgekommen«, erklär-

te der Inspektor und folgte dem Blick seines Vorgesetzten. »Um Viertel nach fünf war das. Ließ sich dann vom Butler den Tee servieren. Später ließ er sich von seinem Kammerdiener ein Paar bequeme Schuhe bringen. Soweit wir wissen, war der Diener die letzte Person, die ihn lebend sah.«
Melrose nickte und wandte seine Aufmerksamkeit wieder dem Schreibtisch zu. Viele der Gegenstände darauf waren umgeworfen worden oder zerbrochen. Am auffallendsten war eine große, dunkle Emailleuhr, die genau in der Mitte der Schreibtischplatte mit der Schmalseite nach oben lag.
Der Inspektor räusperte sich. „Wir haben sozusagen Glück gehabt, Sir«, sagte er. »Wie Sie sehen, ist die Uhr um halb sieben stehen geblieben. Damit kennen wir den genauen Zeitpunkt des Verbrechens. Sehr aufschlußreich.«
Der Oberst starrte die Uhr an. »Ja, wie Sie sagen«, bemerkte er, »sehr aufschlußreich.« Er schwieg einen Moment und fügte dann hinzu: »Verdammt – viel zu aufschlußreich! Die Sache gefällt mir nicht, Inspektor.«
Er sah sich nach seinen beiden Begleitern um und warf Mr. Quin einen verständnisheischenden Blick zu. »Verdammt noch mal!« knurrte er, »das ist mir zu glatt. Sie wissen, was ich meine. Die Dinge passen einfach nicht zueinander.«
»Sie glauben«, murmelte Mr. Quin, »daß Uhren nicht auf diese Weise umfallen?«
Melrose starrte ihn einen Moment an, dann blickte er wieder auf die Uhr, die mit einem Mal jenes rührende, unschuldige Aussehen hatte, das Dingen zu eigen ist, die plötzlich ihrer Würde beraubt werden. Sorgfältig stellte er sie wieder auf und schlug dann heftig auf den Tisch. Die Uhr schwankte, fiel aber nicht um. Melrose wiederholte den Vorgang. Langsam, fast unwillig, fiel die Uhr

um.
»Um welche Zeit wurde das Verbrechen entdeckt?« fragte Melrose scharf.
»Kurz vor sieben, Sir.«
»Von wem?«
»Dem Butler.«
»Bringen Sie ihn herein!« befahl der Polizeichef. »Ich möchte ihn sehen. Wo ist übrigens Lady Dwighton?«
»Sie hat sich hingelegt, Sir. Ihre Zofe sagt, daß sie einen Zusammenbruch erlitten hat und für niemanden zu sprechen ist.«
Melrose nickte, und Inspektor Curtis ging, um den Butler zu holen. Mr. Quin blickte gedankenvoll in den Kamin. Mr. Sattersway folgte seinem Beispiel. Er starrte eine Weile auf die glimmenden Scheite, bis etwas Blinkendes auf dem Rost seine Aufmerksamkeit erregte. Sattersway beugte sich nieder und hob einen kleinen Splitter gebogenen Glases auf.
»Sie wünschen mich zu sprechen, Sir?« Die Stimme des Butlers klang immer noch schwach und unsicher. Sattersway schob den Glassplitter in seine Westentasche und wandte sich um. Der alte Mann stand im Türrahmen.
»Bitte setzen Sie sich«, sagte Melrose freundlich. »Sie zittern ja am ganzen Körper. Sicher war es ein großer Schock für Sie.«
»Das war es in der Tat, Sir.«
»Nun, ich werde Sie nicht lange aufhalten. Lord Dwighton kam kurz nach fünf zurück, glaube ich?«
»Ja, Sir. Er ließ sich hier den Tee servieren. Als ich später kam, um abzuräumen, befahl er, Jennings hereinzuschicken – das ist sein Kammerdiener, Sir.«
»Um welche Zeit war das?«
»Etwa zehn Minuten nach sechs, Sir.«
»Und weiter?«
»Ich schickte nach Jennings, Sir. Und erst, als ich um sie-

ben Uhr die Bibliothek wieder betrat, um die Fenster zu schließen und die Vorhänge vorzuziehen, entdeckte ich ...«
Melrose unterbrach ihn. »Schon gut, Sie können sich die Einzelheiten ersparen. Die Leiche haben Sie nicht angerührt und nichts verändert, hoffe ich?«
»Oh, nein, Sir. Ich lief, so schnell ich konnte, zum Telefon und benachrichtigte die Polizei.«
»Und dann?«
»Dann wies ich Janet an – das ist die Zofe von Mylady, Sir – Mylady die Nachricht zu überbringen.«
»Sie haben Lady Dwighton während des ganzen Abends nicht gesehen?«
Oberst Melrose stellte diese Frage fast beiläufig, aber Mr. Sattersway hörte sehr wohl das Interesse aus ihr heraus.
»Eigentlich nicht, Sir. Mylady haben sich seit der Tragödie in ihren Räumen aufgehalten.«
»Haben Sie sie vorher gesehen?«
Die Frage kam unvermittelt, und jeder bemerkte das kurze Zögern, ehe der Butler antwortete.
»Ich ... ich habe sie ganz flüchtig gesehen, Sir, als sie die Treppe hinunterkam.«
»Ist sie in die Bibliothek gegangen?«
Mr. Sattersway hielt den Atem an.
»Ich ... ich glaube schon, Sir.«
»Um welche Zeit war das?«
»Es war kurz vor halb sieben, Sir.«
Oberst Melrose holte tief Luft. »Danke, das genügt. Bitte schicken Sie mir Jennings herein.«
Jennings leistete der Aufforderung umgehend Folge. Er war ein Mann mit scharfen Gesichtszügen und katzenartigem Gang, der einen zurückhaltenden und verschlagenen Eindruck machte.
Ein Mann, dachte Sattersway, der unbekümmert seinen Herrn ermorden könnte, wenn er sicher wäre, ungescho-

ren davonzukommen.
Begierig lauschte er auf das, was der Mann auf die Fragen von Oberst Melrose antwortete. Aber seine Geschichte schien glaubwürdig. Er hatte seinem Herrn ein Paar bequeme Schuhe gebracht und die Golfschuhe mitgenommen.
»Und was haben Sie danach gemacht, Jennings?«
»Ich ging zurück in das Dienerzimmer, Sir.«
»Um welche Zeit verließen Sie Ihren Herrn?«
»Das muß gegen Viertel nach sechs gewesen sein, Sir.«
»Wo waren Sie um halb sieben, Jennings?«
»Im Dienerzimmer, Sir.«
Oberst Melrose entließ den Mann mit einem Kopfnicken. Dann sah er Curtis fragend an.
»Das stimmt, Sir, ich habe seine Angaben überprüft. Er hat sich von etwa zwanzig nach sechs bis sieben Uhr im Dienerzimmer aufgehalten.«
»Dann ist er raus aus der Sache«, sagte der Polizeichef mit einer Spur von Bedauern in der Stimme. »Abgesehen davon hat er kein Motiv.«
In diesem Moment klopfte es an der Tür. Der Oberst sagte: »Herein!« und es erschien ein angstvoll blickendes Mädchen, gekleidet wie eine Zofe.
»Wenn Sie erlauben, meine Herren. Lady Dwighton hat gehört, daß Oberst Melrose im Haus ist und möchte ihn gerne sprechen.«
»Aber gerne«, sagte Melrose. »Ich komme sofort. Bitte zeigen Sie mir den Weg.«
Doch eine Hand stieß das Mädchen beiseite. In der Tür stand nun eine sehr ungewöhnliche Gestalt. Laura Dwighton wirkte wie eine Besucherin aus einer anderen Welt.
Sie trug ein enganliegendes altmodisches Nachmittagskleid aus dunkelblauem Brokat. Ihr kastanienbraunes Haar war in der Mitte gescheitelt und fiel über die Oh-

ren. Lady Dwighton war sich ihres extravaganten Stils bewußt und hatte sich nie das Haar schneiden lassen. Es war zu einem einfachen Knoten im Nacken geschlungen. Ihre Arme waren unbedeckt.
Wie sie dort stand, sich mit einer Hand am Türrahmen stützte und mit der anderen ein Buch umklammerte, dachte Mr. Sattersway: Sie sieht aus wie eine Madonna auf einem alten italienischen Gemälde.
Plötzlich begann sie leicht zu schwanken. Oberst Melrose stürzte auf sie zu.
»Ich bin gekommen, Ihnen zu sagen... Ihnen zu sagen...« Ihre Stimme klang dunkel und melodisch. Mr. Sattersway war von der Dramatik der Szene so gefangen, daß sie ihm völlig irreal erschien. Wie auf der Bühne, dachte er.
»Bitte, Lady Dwighton...« Melrose hatte stützend einen Arm um sie gelegt und geleitete sie durch die Halle in ein kleines Nebenzimmer, dessen Wände mit vergilbten Seidentapeten bedeckt waren. Quin und Sattersway und der Inspektor folgten. Sie sank auf ein niedriges Sofa und stützte ihren Kopf auf ein rostfarbenes Kissen, die Augen geschlossen. Die vier Männer beobachteten sie. Unvermittelt schlug sie die Augen auf und setzte sich aufrecht hin. Sie sprach sehr gefaßt.
»Ich habe ihn getötet«, sagte sie. »Das ist es, was ich Ihnen sagen wollte. *Ich habe ihn getötet.*«
Einen Augenblick herrschte entsetztes Schweigen im Zimmer. Mr. Sattersways Herz setzte eine Schlag lang aus.
»Lady Dwighton«, sagte Melrose dann, »Sie haben einen Schock erlitten, Sie sind äußerst aufgeregt – ich glaube nicht, daß Sie wissen, was Sie sagen.«
Würde sie ihre Aussage zurücknehmen, jetzt, wo es noch möglich war?
»Ich weiß genau, was ich sage. Ich habe ihn erschossen.«

Drei der Männer in dem Zimmer atmeten mühsam, der vierte gab keinen Ton von sich. Lady Dwighton beugte sich weiter nach vorn. »Haben Sie mich nicht verstanden? Ich kam nach unten und erschoß ihn. Ich gestehe es.«
Das Buch, das sie in der Hand gehalten hatte, fiel zu Boden. In ihm steckte ein Brieföffner; er hatte die Form eines Dolches mit einem edelsteinbesetzten Griff. Mr. Sattersway bückte sich gewohnheitsmäßig, hob ihn auf und legte ihn auf den Tisch. Dabei dachte er: Was für ein gefährliches Spielzeug! Damit könnte man einen Menschen umbringen.
»Also«, fragte Laura Dwighton ungeduldig, »was werden Sie jetzt tun? Mich festnehmen?«
Oberst Melrose fand mit Mühe die Sprache wieder. »Was Sie mir gesagt haben, ist sehr schwerwiegend, Lady Dwighton. Ich muß Sie auffordern, sich auf Ihre Zimmer zu begeben, bis ich ... eh ... die nötigen Dinge veranlaßt habe.«
Laura Dwighton nickte und stand auf. Sie wirkte jetzt sehr gefaßt, ernst und kalt. Während sie sich zur Tür wandte, fragte Mr. Quin: »Was haben Sie mit dem Revolver gemacht, Lady Dwighton?«
Unsicher antwortete sie: »Ich ... ich habe ihn zu Boden fallen lassen. Nein, ich glaube, ich warf ihn aus dem Fenster – ach, ich kann mich nicht mehr erinnern. Was spielt das auch für eine Rolle? Ich wußte kaum, was ich tat. Aber das spielt doch jetzt keine Rolle mehr, nicht wahr?«
»Nein«, sagte Mr. Quin, »ich glaube kaum, daß es noch eine Rolle spielt.«
Sie sah ihn verwirrt an und schien beunruhigt zu sein. Dann warf sie den Kopf in den Nacken und verließ hoheitsvoll das Zimmer.
Mr. Sattersway eilte ihr nach, weil er fürchtete, sie könne jeden Augenblick zusammenbrechen. Aber sie war schon halb die Treppe hinaufgegangen, ohne Anzeichen ihrer

vorherigen Schwäche. Am Fuß der Treppe stand die angstvoll blickende Zofe. Gebieterisch befahl Mr. Sattersway ihr, sich um ihre Herrin zu kümmern.
»Sehr wohl, Sir.« Das Mädchen schickte sich an, der blaugewandeten Gestalt zu folgen. »Ach, bitte, Sir, Sie verdächtigen ihn doch nicht, nicht wahr?«
»Verdächtigen? Wen?«
»Jennings, Sir. Oh, Sir, er könnte keiner Fliege etwas zuleide tun.«
»Jennings? Natürlich nicht. Gehen Sie, und kümmern Sie sich um Ihre Herrin!«
»Sehr wohl, Sir.« Das Mädchen eilte die Treppe hinauf. Mr. Sattersway kehrte in das Zimmer zurück, das er gerade verlassen hatte.
Oberst Melrose erklärte gerade heftig: »Also, ich bin sprachlos. Da steckt mehr dahinter, als es den Anschein hat. Die Geschichte ... sie ähnelt den albernen Dummheiten, die Heldinnen in Romanen begehen.«
»Es wirkte unwirklich«, stimmte Mr. Sattersway zu. »Wie in einem Theaterstück.«
Mr. Quin nickte. »Ja, Sie lieben das Theater, nicht wahr? Sie sind ein Mann, der die Schauspielkunst zu würdigen weiß.« Mr. Sattersway sah ihn unsicher an.
In der Stille, die folgte, war ein entferntes Geräusch zu hören. »Das klang wie ein Schuß«, sagte Oberst Melrose. »Wahrscheinlich von einem der Jagdhüter. Vermutlich hörte sie einen Schuß. Vielleicht ging sie dann hinunter, um nachzusehen. Sie wagte sich nicht nahe genug an den Toten heran, um ihn zu untersuchen. Das verleitete sie dann zu der Schlußfolgerung ...«
»Mr. Delangua, Sir.« Der alte Butler stand mit entschuldigender Geste im Türrahmen.
»Wie?« fragte Melrose. »Was war das?«
»Mr. Delangua ist hier, Sir, und würde Sie nach Möglichkeit gern sprechen.«

Oberst Melrose lehnte sich im Sessel zurück und sagte grimmig: »Führen Sie ihn herein.«
Einen Moment später stand Paul Delangua vor ihnen. Wie Oberst Melrose angedeutet hatte, war etwas Un-Englisches an ihm: die unbeschwerte Anmut seiner Bewegungen, das dunkle, hübsche Gesicht mit den etwas zu nahe beieinander stehenden Augen. Auch bei ihm erinnerte irgend etwas an die Renaissance. Er und Laura Dwighton verbreiteten die gleiche Atmosphäre um sich.
»Guten Abend, Gentlemen«, sagte Delangua mit einer kleinen affektierten Verbeugung.
»Ich kenne Ihr Anliegen nicht, Mr. Delangua«, sagte Oberst Melrose schneidend, »aber wenn es nichts mit dem Mord zu tun hat...«
Delangua unterbrach ihn mit einem Lachen. »Im Gegenteil«, sagte er, »es hat damit zu tun.«
»Was wollen Sie damit sagen?«
»Ich will damit sagen«, erwiderte Delangua ruhig, »daß ich gekommen bin, um mich wegen des Mordes an Sir James Dwighton zu stellen.«
»Sind Sie sich bewußt, was Sie da sagen?« fragte Melrose eindringlich.
»Absolut.«
Der Blick des jungen Mannes war auf den Tisch geheftet. »Ich verstehe nicht...«
»... warum ich mich selbst stelle? Nennen Sie es Gewissensbisse, nennen Sie es, wie Sie wollen. Aber ich habe ihn erstochen, dessen können Sie sicher sein.« Er deutete auf den Tisch. »Wie ich sehe, haben Sie dort die Tatwaffe. Ein sehr praktisches Mordinstrument. Lady Dwighton ließ es unglücklicherweise in einem Buch herumliegen, und so konnte ich es an mich bringen.«
»Einen Moment«, sagte Oberst Melrose. »Soll ich das so verstehen, daß Sie zugeben, Sir James hiermit erstochen zu haben?« Er hielt den Dolch in die Höhe.

»Genau so. Ich habe mich durch die Flügeltür hineingeschlichen, müssen Sie wissen. Er wandte mir den Rücken zu. Es war ganz einfach. Auf demselben Weg verschwand ich dann wieder.«
»Durch die Flügeltür?«
»Natürlich durch die Flügeltür.«
»Und um welche Uhrzeit war das?«
Delangua zögerte. »Lassen Sie mich überlegen ... Ich unterhielt mich mit dem Jagdhüter – das war um Viertel nach sechs. Ich hörte währenddessen nämlich die Kirchturmuhr schlagen. Es muß also – ja, so gegen halb sieben gewesen sein.«
Die Lippen des Polizeichefs umspielte ein grimmiges Lächeln. »Ganz recht, junger Mann«, sagte er. »Halb sieben war die Tatzeit. Vielleicht hatten Sie das bereits gehört? Alles in allem ist dies ja ein ganz besonderer Mord.«
»Warum?«
»Weil so viele Leute ihn gestehen«, sagte Oberst Melrose.
Man hörte, wie Delangua scharf die Luft einzog. »Wer hat ihn noch gestanden?« fragte er mit einer Stimme, die er vergeblich unter Kontrolle zu bringen trachtete.
»Lady Dwighton.«
Delangua warf den Kopf zurück und stieß ein spürbar gezwungenes Lachen aus. »Lady Dwighton hat eine Neigung zur Hysterie«, sagte er obenhin. »Wenn ich Sie wäre, würde ich dem, was sie sagt, keine Beachtung schenken.«
»Ich glaube auch nicht, daß ich das sollte«, erwiderte Melrose. »Aber es gibt noch eine andere merkwürdige Tatsache im Zusammenhang mit diesem Mord.«
»Und die wäre?«
»Nun, Lady Dwighton gestand, Sir James erschossen zu haben. Sie wollen ihn erstochen haben. Zum Glück für Sie beide wurde er weder erschossen noch erstochen.

Ihm wurde der Schädel eingeschlagen.«
»Mein Gott!« rief Delangua aus. »Aber so etwas könnte eine Frau doch niemals ...«
Er hielt inne, biß sich auf die Lippe. Melrose nickte mit dem Anflug eines Lächelns.
»Ich habe so etwas oft gelesen«, bemerkte er ironisch, »aber noch niemals selbst erlebt.«
»Was?«
»Daß zwei junge Wirrköpfe sich selbst des Mordes beschuldigen, weil sie annehmen, daß der andere ihn verübt hat«, sagte Melrose. »Nun müssen wir noch einmal von vorne anfangen.«
»Der Kammerdiener«, rief Mr. Sattersway. »Die Zofe vorhin – ich habe ihr zu diesem Zeitpunkt keine Beachtung geschenkt.« Er machte eine Pause und dachte angestrengt über die Zusammenhänge nach. »Sie hatte Angst, daß wir ihn verdächtigen würden. Er muß ein Motiv haben, das uns nicht bekannt ist, aber ihr.«
Oberst Melrose runzelte die Stirn, dann läutete er nach dem Butler. Als sich dieser meldete, bat er: »Fragen Sie Lady Dwighton, ob sie die Güte hat, noch einmal herunter zu kommen.«
Die Männer warteten schweigend auf ihr Erscheinen. Als sie Delangua sah, erschrak sie heftig und mußte sich stützen. Sie konnte sich kaum aufrecht halten. Oberst Melrose kam ihr rasch zur Hilfe.
»Es ist alles in Ordnung, Lady Dwighton. Bitte regen Sie sich nicht auf.«
»Ich verstehe nicht, was Mr. Delangua hier macht.«
Delangua ging auf sie zu. »Laura, Laura, warum haben Sie das getan?«
»Was getan?«
»Ich weiß, warum. Sie haben es für mich getan, weil Sie dachten, daß *ich* ... Natürlich war das naheliegend. Aber ... Oh, Sie sind ein Engel!«

Oberst Melrose räusperte sich. Er war ein Mann, der Emotionen verabscheute und einen Horror vor Dingen hatte, die nach einer ›Szene‹ aussahen.
»Wenn ich mir erlauben darf, das zu sagen, Lady Dwighton, so sind Sie beide noch einmal knapp davongekommen. Auch Mr. Delangua hat ein ›Geständnis‹ abgelegt. Oh, nein, ich weiß, daß er es nicht war. Aber was wir wissen wollen, ist die Wahrheit. Bitte, jetzt keine Ausflüchte mehr. Der Butler hat ausgesagt, daß Sie um halb sieben in die Bibliothek gingen. Stimmt das?«
Laura sah Delangua an. Er nickte. »Die Wahrheit, Laura«, sagte er. »Wir müssen sie erfahren.«
Laura stieß einen tiefen Seufzer aus. »Ich werde sie Ihnen sagen.« Sie sank in einen Sessel, den Mr. Sattersway schnell zurechtgerückt hatte.
»Ich kam herunter, öffnete die Tür zur Bibliothek und sah...«
Sie hielt inne und schluckte. Mr. Sattersway beugte sich zu ihr hinüber und tätschelte ihr aufmunternd die Hand.
»Ja«, sagte er, »ja, Sie sahen?«
»Mein Mann lag quer über dem Schreibtisch. Ich sah seinen Kopf... das Blut... oh!«
Sie schlug die Hände vors Gesicht. Der Polizeichef beugte sich vor. »Entschuldigen Sie, Lady Dwighton. Sie nahmen an, Mr. Delangua hätte ihn erschossen?«
Sie nickte. »Verzeihen Sie, Paul«, bat sie, »aber Sie sagten... Sie sagten...«
»... daß ich ihn wie einen räudigen Hund niederschießen würde«, sagte Delangua heftig. »Ich erinnere mich genau. Das war an dem Tag, als ich entdeckte, daß er Sie schlecht behandelte.«
Doch Melrose ließ sich den Faden nicht mehr aus der Hand nehmen. »Dann muß ich also annehmen, Lady Dwighton, daß Sie wieder nach oben gingen, ohne – äh – etwas zu sagen. Ihre Gründe müssen wir jetzt nicht dis-

kutieren. Jedenfalls haben Sie weder den Toten angerührt noch sind Sie in die Nähe des Schreibtisches gekommen?«
Sie schauderte. »Nein, nein, ich habe das Zimmer sofort wieder verlassen.«
»Ich verstehe. Und um welche Uhrzeit war das genau? Können Sie sich noch daran erinnern?«
»Es war gerade halb sieben, als ich in mein Schlafzimmer zurückkam.«
»Dann war Sir James um, sagen wir, fünf Minuten vor halb sieben bereits tot.« Melrose sah die anderen an. »Das mit der Uhr, das war vorgetäuscht, nicht wahr? Das haben wir sofort vermutet. Nichts ist einfacher, als die Zeiger auf jeden gewünschten Zeitpunkt zu verstellen. Allerdings machten sie den Fehler, die Uhr auf die Seite zu legen. Das engt den Verdacht auf den Butler oder Kammerdiener ein, aber ich kann nicht glauben, daß der Butler der Mörder ist. Sagen Sie, Lady Dwighton, hegte Jennings irgendeinen Groll gegen Ihren Gatten?«
Laura blickte auf. »Nicht gerade einen Groll, aber ... ja, James erzählte mir heute morgen, daß er ihn entlassen hat. Er hatte ihn beim Stehlen ertappt.«
»Aha! Jetzt kommen wir der Sache näher. Jennings wäre ohne Empfehlung entlassen worden. Eine böse Sache für ihn.«
»Sie sagten etwas von einer Uhr«, warf Laura Dwighton ein. »Da ist ja möglicherweise eine Chance, die Zeit genau festzulegen. James wird sicher seine Golfuhr in der Tasche gehabt haben. Könnte die nicht auch zerbrochen sein, als er nach vorn fiel?«
»Das wäre eine Möglichkeit«, sagte der Oberst langsam. »Aber ich fürchte – Curtis.«
Der Inspektor nickte, verließ das Zimmer und war kurze Zeit später wieder zurück. In der Hand hielt er eine silberne Taschenuhr mit einem Golfballmuster, in der Art,

wie sie von Golfspielern lose zusammen mit den Bällen in der Tasche getragen werden.
»Hier ist sie, Sir«, sagte er, »aber ich bezweifle, ob sie uns von Nutzen sein wird. Sie sind sehr robust, diese Uhren.«
Der Oberst nahm sie und hielt sie ans Ohr. »Ich glaube, sie ist trotzdem stehen geblieben«, stellte er fest. Er drückte auf einen Knopf, und der Deckel sprang auf. Das Glas innen war zersplittert. Aufgeregt sagte er: »Sieh da!«
Die Zeiger standen genau auf Viertel nach sechs.

»Ein sehr guter Portwein, Oberst Melrose«, sagte Mr. Quin. Es war halb zehn, und die drei Männer hatten gerade ein verspätetes Nachtmahl bei Oberst Melrose beendet. Mr. Sattersway war besonders aufgeräumt.
»Ich hatte doch recht, Mr. Quin«, kicherte er. »Sie können es nicht ableugnen. Sie sind heute abend aufgetaucht, um zwei verwirrte junge Leute davon abzuhalten, ihren Kopf in die Schlinge zu stecken.«
»Habe ich das?« fragte Mr. Quin. »Sicherlich nicht. Ich habe gar nichts getan.«
»Wie es sich herausstellte, war es auch nicht nötig«, stimmte Mr. Sattersway zu. »Aber es hätte sein können. Die Sache stand auf Messers Schneide. Ich werde niemals den Augenblick vergessen, als Lady Dwighton erklärte: ›Ich habe ihn getötet.‹ Ich habe niemals etwas auf der Bühne gesehen, was auch nur halb so dramatisch war.«
»Ich bin geneigt, Ihnen darin zuzustimmen«, sagte Mr. Quin.
»Und ich würde nie geglaubt haben, daß solche Dinge auch außerhalb eines Romans geschehen könnten«, erklärte der Oberst, bestimmt das zwanzigste Mal an diesem Abend.
»Passiert das denn?« fragte Mr. Quin.
Der Oberst starrte ihn an. »Ja, verdammt, heute abend ist es passiert.«

»Wohlgemerkt«, wandte Mr. Sattersway ein, wobei er sich zurücklehnte und seinen Portwein schlürfte, »Lady Dwighton war großartig, ganz großartig, aber sie machte einen Fehler. Sie hätte nicht behaupten sollen, daß ihr Ehemann erschossen wurde. Desgleichen war Delangua ein Dummkopf, weil er nur aufgrund der Tatsache, daß ein Dolch auf dem Tisch vor uns lag, schloß, der Lord wäre erstochen worden. Es war ja nur bloßer Zufall, daß Lady Dwighton ihn mit herunterbrachte.«
»War es das?« fragte Mr. Quin.
»Wenn sie sich nun einfach dazu bekannt hätten, Sir James getötet zu haben, ohne zu sagen, wie«, fuhr Mr. Sattersway fort, »wie wäre dann wohl das Untersuchungsergebnis ausgefallen?«
»Man hätte ihnen vielleicht geglaubt«, sagte Mr. Quin mit einem seltsamen Lächeln.
»Das Ganze war wirklich wie in einem Roman«, wiederholte der Oberst.
»Daher haben sie ihre Idee bezogen, möchte ich behaupten«, sagte Mr. Quin.
»Möglicherweise«, stimmte Mr. Sattersway zu. »Dinge, die man irgendwann einmal gelesen hat, kommen manchmal auf die seltsamste Weise wieder zurück.« Er blickte hinüber zu Mr. Quin. »Natürlich sah die Uhr von Anfang an sehr verdächtig aus. Man sollte niemals vergessen, wie leicht man die Zeiger einer Uhr vorstellen oder zurückstellen kann.«
Mr. Quin nickte und wiederholte die Worte. »Vorstellen«, sagte er, und, nach einer Pause: »oder zurückstellen.« In seiner Stimme lag eine Herausforderung. Seine blitzenden dunklen Augen waren fest auf Mr. Sattersway gerichtet.
»Die Zeiger der Schreibtischuhr waren vorgestellt«, sagte Mr. Sattersway. »Das wissen wir.«
»Wissen wir das wirklich?« fragte Mr. Quin.

Sattersway starrte ihn verwundert an. »Glauben Sie etwa«, fragte er langsam, »daß die Golfuhr zurückgestellt wurde? Aber das ergibt doch keinen Sinn. Das ist unmöglich.«
»Unmöglich nicht«, murmelte Mr. Quin.
»Nein, aber doch absurd. Warum hätte dies geschehen sollen?«
»Um jemanden zu decken, der für diese Zeit ein Alibi hatte.«
»Herrgott nochmal«, rief der Oberst, » das ist die Zeit zu der der junge Delangua mit dem Jagdhüter gesprochen haben will.«
»Darauf wies er uns sehr ausdrücklich hin«, sagte Mr. Sattersway.
Sie sahen sich an mit dem unbestimmten Gefühl, als sei ihnen der feste Boden unter den Füßen weggezogen worden. Die Fakten dieses Mordes tanzten vor ihren Augen und nahmen neue und unerwartete Züge an. Und im Mittelpunkt dieses Kaleidoskops befand sich das dunkle, lächelnde Gesicht des Mr. Quin.
»Aber in diesem Fall ...«, begann Melrose, »in diesem Fall ...« Mr. Sattersway beendete geistesgewandt den Satz für ihn. »In diesem Fall ist alles genau umgekehrt. Es war ein Komplott, aber ein Komplott gegen den Kammerdiener. Aber das kann nicht sein. Es ist unmöglich. Warum haben die beiden sich dann selbst des Verbrechens beschuldigt?«
»Bis dahin haben Sie sie verdächtigt, nicht wahr?« Mr. Quins Stimme klang sanft, fast verträumt. »Genau wie in einem Roman, haben Sie gesagt, Oberst Melrose. Und daher haben die beiden ihre Idee. Genau so würden der unschuldige Held und die Heldin handeln. Das verleitete Sie zu der Annahme, daß auch sie unschuldig sind. Mr. Sattersway hat immer wieder betont, daß die ganze Geschichte wie ein Drama auf der Bühne wirkte. Sie hatten beide recht. Es war keine Wirklichkeit. Das haben Sie im-

mer wieder betont, ohne sich bewußt zu werden, was Sie da sagten. Die beiden würden uns eine glaubwürdigere Geschichte erzählt haben, wenn wir ihnen glauben hätten sollen.«
Die zwei Männer sahen Mr. Quin hilflos an.
»Es wäre sehr schlau gewesen«, sagte Mr. Sattersway langsam, »ja, es wäre teuflisch schlau gewesen. Ich habe gerade noch an etwas anderes gedacht. Der Butler sagte aus, daß er um sieben Uhr hineinging, um die Fenstertüren zu schließen – das heißt, daß er erwartete, sie stünden offen.«
»Auf diesem Weg kam Delangua hinein«, sagte Mr. Quin. »Er tötete Sir James mit einem Schlag, und dann taten beide, was sie zu tun hatten . . .«
Ermutigend sah er Mr. Sattersway an. Dieser begann zögernd die Szene zu rekonstruieren.
»Sie zerbrachen die Schreibtischuhr und legten sie auf die Seite. Ja. Sie verstellten die Taschenuhr und zerbrachen auch sie. Dann verschwand Delangua wieder durch die Fenstertür, und Lady Dwighton riegelte hinter ihm ab. Aber eins verstehe ich nicht. Warum haben sie sich überhaupt die Mühe mit der Taschenuhr gemacht? Warum haben sie nicht einfach nur die Zeiger der Schreibtischuhr verstellt?«
»Die Schreibtischuhr war zu auffällig«, entgegnete Mr. Quin. »Dies hätte wohl jeder durchschaut.«
»Aber die Sache mit der Golfuhr war doch viel zu unsicher, denn hierauf stießen wir doch nur aus purem Zufall.«
»Oh, nein«, sagte Mr. Quin. »Erinnern Sie sich: Der Hinweis kam von der Lady.«
Mr. Sattersway sah ihn fasziniert an.
»Und doch, wissen Sie«, fuhr Mr. Quin gedankenverloren fort, »war die einzige Person, die diese Uhr nicht übersehen haben würde, der Kammerdiener. Kammerdie-

ner wissen besser als jeder andere, was ihr Herr in der Tasche trägt. Wenn er die Schreibtischuhr verstellt hätte, würde er die Taschenuhr auch verstellt haben. Diese beiden jungen Leute verstehen nichts von der menschlichen Natur. Sie sind nicht wie Mr. Sattersway.«

Mr. Sattersway schüttelte den Kopf. »Ich habe mich gründlich geirrt«, murmelte er zerknirscht. »Ich nahm an, Sie wären gekommen, um die zwei zu retten.«

»Das habe ich auch getan«, entgegnete Mr. Quin. »Nein, nicht diese zwei, sondern die beiden anderen. Vielleicht haben Sie keine Notiz von der Zofe genommen. Sie trug kein Gewand aus blauem Brokat und spielte keine Hauptrolle. Aber sie ist ein wirklich reizendes Mädchen und ich glaube, daß sie diesen Jennings liebt. Ich hoffe, daß es Ihnen gelingen wird, ihren Liebhaber vor dem Galgen zu retten.«

»Wir verfügen aber über keinerlei Beweise«, sagte Oberst Melrose betont.

Mr. Quin lächelte. »Doch, Mr. Sattersway verfügt darüber.«

»Ich?« Mr. Sattersway war erstaunt.

»Sie haben den Beweis«, fuhr Mr. Quin fort, »daß die Golfuhr nicht in der Tasche von Sir James zerbrach. Man kann eine solche Uhr nicht zerbrechen, ohne daß man sie öffnet. Versuchen Sie's einmal! Irgend jemand nahm die Uhr heraus, öffnete sie, stellte die Zeiger zurück, zerbrach das Glas, schloß sie wieder und steckte sie in die Tasche zurück. Dabei ist ihm entgangen, daß ein Glassplitter fehlte.«

Überrascht schrie Mr. Sattersway auf. Schnell griff er in die Westentasche und zog einen gebogenen Glassplitter heraus.

Dies war sein Auftritt.

»Damit«, sagte er bedeutungsvoll, »werde ich einen Mann vor dem Tod retten.«

Der Stein des Anstoßes

Mr. Isaac Pointz nahm seine Zigarre aus dem Mund und sagte beifällig: »Netter kleiner Ort.«
Nachdem er solchermaßen dem kleinen Hafen von Dartmouth seine Anerkennung gezollt hatte, schob er die Zigarre wieder in den Mund und blickte mit der Miene eines Mannes um sich, der mit sich selbst, seiner Erscheinung, seiner Umgebung und dem Leben im allgemeinen sehr zufrieden ist.
Was den ersten Punkt betraf, so war Mr. Isaac Pointz ein Mann von achtundfünfzig Jahren, von guter Gesundheit und Kondition, jedoch mit einer etwas schwachen Leber. Er war nicht eigentlich korpulent, aber doch recht stattlich, und ein Bootsanzug, wie er ihn im Moment trug, ist nicht die passendste Kleidung für einen Mann mittleren Alters mit Bauchansatz.
Mr. Pointz war sehr sorgfältig gekleidet, korrekt vom Scheitel bis zur Sohle. Sein dunkles Gesicht mit den leicht orientalischen Zügen strahlte freundlich unter dem Schirm seiner Bootsmütze hervor. Was seine Umgebung betraf, so bestand sie aus seinem Geschäftspartner Mr. Leo Stein, Sir George und Lady Marroway, einem amerikanischen Geschäftsfreund namens Samuel Leathern mit seiner Tochter Eve, die noch zur Schule ging, Mrs. Rustington und Evan Llewellyn.
Die Gesellschaft war gerade von Mr. Pointz' Jacht, der *Merrimaid,* an Land gekommen. Man hatte am Vormittag der Regatta zugesehen und wollte nun für eine Weile die

Vergnügungen des Volksfestes genießen: Büchsenwerfen, die tätowierte Dame, die menschliche Spinne, die Karussells. Am meisten Spaß an diesen Attraktionen hatte natürlich Eve Leathern. Sie war die einzige, die protestierte, als Mr. Pointz schließlich daran erinnerte, daß es Zeit für das Dinner im *Royal George* war.

»Oh, Mr. Pointz, ich würde mir so gerne noch von der echten Zigeunerin im Wohnwagen meine Zukunft deuten lassen!«

Mr. Pointz hegte zwar einige Zweifel an der Echtheit der fraglichen Zigeunerin, gab aber bereitwillig nach.

»Eve ist so begeistert von dem Volksfest«, sagte ihr Vater entschuldigend. «Bitte, lassen Sie sich aber durch sie nicht aufhalten.«

»Wir haben genügend Zeit«, antwortete Mr. Pointz zuvorkommend. »Lassen wir der kleinen Dame ihren Spaß. Ich fordere Sie bei den Wurfpfeilen heraus, Leo.«

»Fünfundzwanzig und mehr gewinnt einen Preis«, leierte der Mann an der Wurfbude mit hoher nasaler Stimme herunter.

»Ich wette einen Fünfer, daß ich auf ein höheres Gesamtergebnis als Sie komme«, sagte Pointz.

»Angenommen«, erklärte Leo Stein bereitwillig.

Kurz darauf waren die beiden Männer völlig in ihren Wettkampf vertieft.

Lady Marroway sagte leise zu Evan Llewellyn: »Eve ist nicht das einzige Kind in dieser Gesellschaft.«

Llewellyn lächelte zustimmend, jedoch ein wenig zerstreut. Er war schon den ganzen Tag zerstreut gewesen. Ein oder zweimal hatte er vollkommen falsche Antworten gegeben.

Pamela Marroway zog sich von ihm zurück und trat zu ihrem Mann. »Der junge Llewellyn hat irgend etwas im Sinn«, meinte sie.

»Oder irgend jemanden«, entgegnete Sir George und

warf einen schnellen Seitenblick auf Janet Rustington.
Lady Marroway runzelte leicht die Stirn. Sie war eine große, sehr gepflegte Frau. Die Farbe ihres Nagellacks stimmte genau mit dem Dunkelrot der Korallen in ihren Ohren überein. Ihre Augen waren dunkel und wachsam.
Sir George gebärdete sich wie ein nachlässiger, freundlicher Gentleman alter englischer Schule, aber seine hellen blauen Augen hatten den gleichen wachsamen Blick.
Isaac Pointz und Leo Stein waren Diamantenhändler aus *Hatton Garden.* Sir George und Lady Marroway kamen aus einer ganz anderen Welt – der Welt von Antibes und Juan les Pins, des Golfspielens in St.-Jean-de-Luz, des Badens an der Felsenküste von Madeira im Winter.
Oberflächlich betrachtet waren sie wie die Vögel am Himmel, die nicht säen und nicht ernten. Aber das stimmte vielleicht nicht ganz, denn es gibt sehr unterschiedliche Wege zu säen und zu ernten.
»Da ist die Kleine wieder«, sagte Evan Llewellyn zu Mrs. Rustington. Er war ein dunkelhaariger junger Mann mit leicht wölfischem, hungrigem Aussehen, das einige Frauen so anziehend fanden.
Allerdings war es schwer zu sagen, ob auch Mrs. Rustington ihn so anziehend fand, denn sie trug ihr Herz nicht auf der Zunge. Sie hatte jung geheiratet, und die Ehe hatte schon nach weniger als einem Jahr in einer Katastrophe geendet. Seit dieser Zeit war es schwierig, genau herauszufinden, was Janet Rustington von einer Person oder einer Sache dachte. Ihr Benehmen war gleichbleibend charmant, aber sehr zurückhaltend.
Eve Leathern kam herangetanzt. Ihre glatten blonden Haare wehten hinter ihr her. Sie war fünfzehn, ein etwas unbeholfenes Kind, aber äußerst lebendig.
Atemlos verkündete sie: »Ich werde mit siebzehn heiraten, einen sehr reichen Mann, und wir werden sechs Kinder haben, und Dienstag und Donnerstag sind meine

Glückstage, und ich sollte immer grün oder blau tragen, und ein Smaragd ist mein Glücksstein und...«
»Hör mal, mein Liebling«, unterbrach sie ihr Vater, »es wird Zeit, daß wir weitergehen.«
Mr. Leathern war ein großer blonder, magenkrank aussehender Mann mit einem leicht kummervollen Gesichtsausdruck.
Mr. Pointz und Mr. Stein kamen von der Wurfbude zurück. Pointz kicherte, und Stein sah ein bißchen bekümmert aus. »Es ist alles eine Frage des Glücks«, sagte er. Mr. Pointz schlug gutgelaunt auf seine Jackentasche. »Den Fünfer habe ich mir zu Recht verdient. Geschicklichkeit, mein Junge, reine Geschicklichkeit. Mein alter Herr war ein erstklassiger Pfeilwerfer. Aber nun wird es Zeit, Leute. Hat man dir die Zukunft gedeutet, Eve? Sicher hat man dir geraten, dich vor einem dunklen Mann in acht zunehmen.«
»Vor einer dunklen Frau«, berichtigte ihn Eve. »Sie hat einen bösen Blick und wird ganz gemein zu mir sein, wenn ich nicht aufpasse. Und mit siebzehn werde ich heiraten...«
Fröhlich lief sie der Gesellschaft auf dem Weg zum *Royal George* voraus.
Das Dinner war von dem umsichtigen Mr. Pointz im voraus bestellt worden. Nun wurden sie von einem dienernden Ober in ein separates Speisezimmer im ersten Stock des Hotels geführt, wo bereits ein runder Tisch gedeckt war. Das große vorspringende Erkerfenster, das auf den Hafenplatz hinausging, stand offen. Von draußen drang der Lärm des Volksfestes herein. Drei Karussells quäkten ihre verschiedenen Weisen durcheinander.
»Wenn wir unser eigenes Wort verstehen wollen, machen wir es am besten zu«, bemerkte Mr. Pointz trocken und ließ seinen Worten die Tat folgen.
Die Gesellschaft nahm ihre Plätze an der Tafel ein. Mr.

Pointz strahlte seine Gäste an. Er war der Meinung, daß er ihnen ein guter Gastgeber war, und er liebte es, ein guter Gastgeber zu sein. Seine Augen wanderten von einem zum andern. Lady Marroway – interessante Frau, nicht ganz einwandfrei, natürlich, das wußte er. Ihm war sehr wohl klar, daß das, was er zeit seines Lebens die *crème de la crème* genannt hatte, sehr wenig mit den Marroways zu tun hatte, aber diese *crème de la crème* nahm auch von seiner Existenz keine Notiz. Jedenfalls, Lady Marroway war eine verdammt elegant aussehende Frau, und es machte ihm gar nichts aus, wenn sie beim Bridge ein bißchen mogelte. Bei Sir George schätzte er das allerdings nicht so sehr. Kalte Augen hatte der Bursche. Wirklich hartgesotten. Aber bei Isaac Pointz würde der nicht viel ausrichten können. Da paßte er schon auf.
Der alte Leathern war kein übler Kerl, nur ein bißchen langatmig, wie die meisten Amerikaner. Liebte es, endlose Geschichten zu erzählen, und hatte die unangenehme Eigenschaft, immer präzise Informationen zu verlangen. Wieviel Einwohner hat Dartmouth? In welchem Jahr wurde die Marineakademie gebaut? Und so weiter. Erwartete, daß sein Gastgeber ein wandelnder Baedeker war. Eve war ein nettes, fröhliches Kind. Es machte ihm Spaß, sich mit ihr zu necken. Ihre Stimme erinnerte ihn zwar an ein Sumpfhuhn, aber sie hatte ihre fünf Sinne beisammen. Ein aufgewecktes Kind.
Der junge Llewellyn – der schien ein bißchen zu ruhig. Sah aus, als ob er sich über irgend etwas Sorgen machte. Vermutlich knapp bei Kasse. Das waren diese Schreiber ja immer. Schien auch so, als hätte er Gefallen an Janet Rustington gefunden. Eine nette Frau, attraktiv und klug dazu. Zwang einen nicht zu lesen, was sie schrieb. Hochintellektuelles Zeug, aber Gott sei Dank sprach sie niemals darüber. Und der gute alte Leo! Er wurde auch nicht jünger oder schlanker. Ohne glücklicherweise zu ahnen,

daß sein Partner im selben Moment genau das gleiche von ihm dachte, berichtigte er Mr. Leathern, daß Sardinen nichts mit Cornwall, sondern mit Devon zu tun hätten, und war im übrigen fest entschlossen, das Essen zu genießen.
»Mr. Pointz«, sagte Eve, als die Kellner die Teller mit heißen Makrelen serviert und das Zimmer wieder verlassen hatten.
»Was gibt's, junge Dame?«
»Haben Sie den großen Diamanten dabei? Den, den Sie uns gestern abend zeigten und von dem Sie sagten, daß Sie ihn immer bei sich tragen.«
Mr. Pointz kicherte. »Das stimmt. Er ist mein Talisman, sage ich immer. Ja, ich habe ihn selbstverständlich bei mir.«
»Ich glaube, daß das schrecklich gefährlich ist. Jemand hätte ihn doch in dem Gedränge auf dem Volksfest stehlen können.«
»Darauf passe ich schon auf«, entgegnete Mr. Pointz.
»Aber es könnte doch sein«, beharrte Eve. »In England gibt es doch auch Gangster, genau wie bei uns, nicht wahr?«
»Die werden den *Morning Star* nicht erwischen«, meinte Mr. Pointz. »Zunächst einmal steckt er in einer Geheimtasche. Und überhaupt – der alte Pointz weiß, was er tut. Niemand wird ihm den *Morning Star* stehlen.«
»Huh, huh, ich wette, ich könnte es!«
»Ich wette, du kannst es nicht«, erwiderte Mr. Pointz und zwinkerte.
»Doch, ich wette, ich kann's. Ich habe letzte Nacht im Bett darüber nachgedacht, nachdem Sie den Stein beim Abendessen herumgezeigt hatten. Ich habe mir eine gute Methode ausgedacht, ihn zu stehlen.«
»Und wie wäre die?«
Eve legte den Kopf zur Seite. Ihre blonden Haare flogen.

»Das verrate ich Ihnen nicht – noch nicht. Was wetten Sie, daß ich den Stein nicht stehlen kann?«
Erinnerungen an seine Jugendzeit tauchten in Mr. Pointz' Gedächtnis auf. »Sechs Paar Handschuhe«, schlug er vor.
»Handschuhe!« rief Eve enttäuscht. »Wer trägt denn noch Handschuhe?«
»Nun, trägst du Seidenstrümpfe?«
»Selbstverständlich. Mein bestes Paar hat heute morgen Laufmaschen bekommen.«
»Gut, abgemacht. Sechs Paar schönster Seidenstrümpfe...«
»Oh, fein«, sagte Eve glückstrahlend. »Und was ist mit Ihnen?«
»Ich könnte einen neuen Tabakbeutel brauchen.«
»Die Wette gilt! Glauben Sie nur nicht, daß Sie Ihren Tabakbeutel bekommen... Aber nun sage ich Ihnen, was Sie zu tun haben. Sie müssen den Diamanten genau wie gestern abend herumreichen...«
Sie unterbrach sich, weil zwei Kellner hereinkamen, um den nächsten Gang zu servieren. Während man begann, sich mit den Hühnchen zu beschäftigen, sagte Mr. Pointz: »Eins muß klar sein, junge Dame: Sollten Sie wirklich einen Diebstahl planen, würde ich die Polizei holen und dich durchsuchen lassen.«
»Damit bin ich vollkommen einverstanden. Sie müssen aber nicht gleich so realistisch sein und die Polizei rufen. Lady Marroway oder Mrs. Rustington könnten mich notfalls auch durchsuchen.«
»Gut, das wär's dann«, sagte Mr. Pointz. »Was willst du eigentlich später einmal werden? Ein erstklassiger Juwelendieb?«
»Vielleicht schlage ich diese Karriere ein – falls es sich lohnt.«
»Wenn du mit dem *Morning Star* Erfolg hättest, würde es sich schon lohnen. Selbst nach dem Umschleifen wäre

der Stein noch immer mehr als dreißigtausend Pfund wert.«
»Was?« rief Eve beeindruckt. »Wieviel ist das in Dollar?«
Lady Marroway gab die gewünschte Erklärung und sagte dann vorwurfsvoll: »Und einen solch wertvollen Stein tragen Sie immer mit sich herum? Dreißigtausend Pfund!« Ihre getuschten Wimpern bebten.
Mrs. Rustington sagte leise: »Das ist eine Menge Geld ... Und dann die Faszination, die der Stein selbst ausübt ... Er ist wunderschön.«
»Nur ein Stück Kohlenstoff«, warf Evan Llewellyn ein.
»Soviel ich weiß, ist die größte Schwierigkeit die, einen Hehler für gestohlene Juwelen zu finden«, sagte Sir George. »Er bekommt den Löwenanteil, nicht wahr?«
»Los!« rief Eve aufgeregt, »laßt uns beginnen! Zeigen Sie uns den Diamanten und wiederholen Sie, was Sie gestern abend gesagt haben!«
Mr. Leathern sagte mit seiner tiefen, melancholischen Stimme: »Ich muß mich für meine Tochter entschuldigen. Sie steigert sich gern in etwas hinein ...«
»Ist schon gut, Vater«, sagte Eve. »Also los, Mr. Pointz ...«
Lächelnd griff Mr. Pointz in eine Innentasche und zog etwas heraus. Blitzend und funkelnd lag es auf seiner flachen Hand.
Ein Diamant ...
Etwas gezwungen wiederholte Mr. Pointz seine kleine Ansprache vom vergangenen Abend auf der *Merrimaid*, soweit er sich an sie erinnern konnte.
»Vielleicht möchten Sie gern einen Blick darauf werfen? Es ist ein ungewöhnlich schöner Stein. Ich nenne ihn den *Morning Star*. Er ist so eine Art Talisman für mich. Ich nehme ihn überall hin mit. Möchten Sie ihn sich ansehen?«
Damit reichte er ihn Lady Marroway, die ihn nahm, sich

begeistert über seine Schönheit äußerte und ihn dann an Mr. Leathern weitergab. Dieser erklärte in einem etwas gekünstelt klingenden Ton: »Sehr schön, wirklich, sehr schön.« Dann reichte er ihn an Llewellyn weiter.
Da in diesem Moment die Kellner wieder hereinkamen, gab es dabei eine kurze Unterbrechung. Als sie gegangen waren, sagte Llewellyn: »Ein herrlicher Diamant!« Er übergab ihn Leo Stein, der sich nicht der Mühe unterzog, eine Bemerkung zu machen, sondern ihn sofort an Eve weiterreichte.
»Wie makellos schön er ist!« rief Eve mit hoher gekünstelter Stimme. »Oh!« Sie schrie bestürzt auf, als er ihr aus der Hand fiel. »Ich habe ihn fallengelassen!«
Sie schob den Stuhl zurück und begann unter dem Tisch zu suchen. Sir George auf ihrer rechten Seite beugte sich gleichfalls hinunter. In der beginnenden Verwirrung wurde ein Glas vom Tisch gefegt. Stein, Llewellyn und Mrs. Rustington beteiligten sich gleichfalls an der Suche, schließlich auch noch Lady Marroway.
Nur Mr. Pointz beteiligte sich nicht daran. Er blieb ruhig sitzen, trank seinen Wein und lächelte sardonisch.
»Oh, mein Gott«, sagte Eve, noch immer in jenem gekünstelten Ton. »Wie schrecklich! Wo ist er nur hingerollt? Ich kann ihn nirgends finden.«
Einer nach dem anderen tauchten ihre Helfer wieder auf.
»Er ist tatsächlich verschwunden, Pointz«, sagte Sir George lächelnd.
Mr. Pointz nickte beifällig. »Sehr gut gemacht, Eve. Du würdest eine glänzende Schauspielerin abgeben. Die Frage ist nun: Hast du den Diamanten irgendwo versteckt oder trägst du ihn bei dir?«
»Lassen Sie mich durchsuchen!« verlangte Eve in dramatischem Ton.
Mr. Pointz' suchendes Auge entdeckte in einer Ecke des Zimmers eine spanische Wand. Er nickte in ihre Richtung

und wandte sich dann an Lady Marroway und Mrs. Rustington: »Würden die Damen vielleicht so nett sein ...«
»Aber gerne«, entgegnete Lady Marroway lächelnd.
Die beiden Damen standen auf. Lady Marroway sagte: »Haben Sie keine Angst, Mr. Pointz. Wir werden sie gründlich durchsuchen.« Dann verschwanden die drei hinter der Wand.
Es war heiß im Zimmer. Evan Llewellyn öffnete das Fenster. Unten ging ein Zeitungsverkäufer vorbei. Llewellyn warf ihm eine Münze zu, und der Mann warf eine Zeitung hinauf. Llewellyn schlug sie auf.
»Die Lage in Ungarn ist nicht sehr rosig«, bemerkte er.
»Ist das das Lokalblättchen?« fragte Sir George.
»Ein Pferd, an dem ich interessiert bin, ist heute in Haldon gelaufen – *Natty Boy.*«
»Leo«, sagte Mr. Pointz, »verriegeln Sie die Tür. Solange wir mit der Sache beschäftigt sind, ist es besser, wenn keine Kellner raus und rein laufen.«
»*Natty Boy* hat drei zu eins gebracht«, sagte Llewellyn.
»Miese Quoten«, meinte Sir George.
»Hauptsächlich Nachrichten über die Regatta«, sagte Llewellyn, in den Seiten blätternd.
Die drei kamen hinter dem Wandschirm hervor.
»Keine Spur von dem Stein«, sagte Janet Rustington.
»Sie können mir glauben, daß sie ihn nicht bei sich hat«, bekräftigte Lady Marroway.
Mr. Pointz war gern bereit, ihr das zu glauben, denn er hörte den grimmigen Ton in ihrer Stimme. Zweifellos war die Durchsuchung sehr gründlich gewesen.
»Sag, Eve, du hast ihn doch nicht etwa verschluckt?« fragte Mr. Leathern ängstlich. »Das könnte dir möglicherweise nicht gut bekommen.«
»So etwas würde ich bemerkt haben«, sagte Leo Stein gelassen. »Ich habe sie nämlich beobachtet. Sie hat nichts in den Mund gesteckt.«

»Ich könnte einen so großen Stein gar nicht hinunterkriegen«, entgegnete Eve. Sie stemmte die Hände in die Hüften und schaute Mr. Pointz an. »Nun, was ist?«
»Du bleibst stehen, wo du bist, und rührst dich nicht von der Stelle!« befahl Pointz.
Gemeinsam räumten die Männer den Tisch ab und drehten ihn um. Mr. Pointz untersuchte ihn genau. Dann wandte er seine Aufmerksamkeit dem Stuhl zu, auf dem Eve gesessen hatte, danach den Stühlen auf beiden Seiten.
Die Gründlichkeit der Suche ließ nichts zu wünschen übrig. Die anderen Männer und auch die Frauen beteiligten sich daran. Eve Leathern stand in der Ecke vor dem Wandschirm und lachte vergnügt.
Fünf Minuten später erhob sich Mr. Pointz mit leichtem Ächzen von den Knien und klopfte sich resigniert die Hosenbeine ab. Seine ursprüngliche Gelassenheit war leicht beeinträchtigt.
»Eve«, sagte er, »ich muß den Hut vor dir ziehen. Du bist der beste Juwelendieb, der mir je begegnet ist. Ich weiß wirklich nicht, was du mit dem Stein gemacht hast. So wie ich es sehe, müßte er hier im Zimmer versteckt sein, da du ihn nicht am Körper verborgen hast. Ich gebe mich geschlagen.«
»Gehören die Strümpfe mir?« fragte Eve.
»Sie gehören dir, junge Dame.«
»Eve, mein Kind, wo hast du ihn denn nun versteckt?« fragte Mrs. Rustington neugierig.
Eve stolzierte näher. »Das werde ich Ihnen zeigen. Sie werden sich ganz schön ärgern.«
Sie ging zu dem Seitentisch, auf den man die Sachen vom Eßtisch gestellt hatte, griff nach ihrer kleinen schwarzen Abendtasche und sagte: »Genau vor Ihren Augen! Genau...«
Ihre Stimme, gerade noch stolz und triumphierend, klang

plötzlich sehr verloren. »Oh«, sagte sie, »oh ...«
»Was gibt's denn?« fragte ihr Vater.
Eve flüsterte: »Er ist verschw ... er ist verschwunden!«
»Was bedeutet das alles?« fragte Pointz und trat auf sie zu.
Eve drehte sich ungestüm zu ihm um.
»Es war so: Dieses Täschchen hat einen großen Glasstein auf der Schließe. Er fiel gestern abend heraus. Als Sie Ihren Diamanten herumzeigten, bemerkte ich, daß beide Steine fast die gleiche Größe haben. Und so dachte ich mir in der Nacht aus, daß man Ihren Stein stehlen könnte, wenn man ihn mit etwas Knetmasse im Loch der Schließe befestigte. Ich war sicher, daß niemand ihn dort entdecken würde. So habe ich es heute abend auch gemacht. Erst ließ ich den Stein fallen, dann kroch ich mit der Tasche in der Hand unter den Tisch. Dort drückte ich ihn mit etwas Knetmasse, die ich dabei hatte, in die Lükke, legte die Tasche wieder auf den Tisch und tat so, als würde ich weiter mit den anderen suchen. Ich dachte, es würde ähnlich wie bei dem *gestohlenen Brief* sein – Sie wissen schon ... Der Stein liegt genau vor Ihrer Nase, aber Sie beachten ihn nicht, weil er wie ein Rheinkiesel aussieht. Und es war tatsächlich ein guter Plan – niemand von Ihnen hat etwas gemerkt.«
»Das frage ich mich«, murmelte Mr. Stein.
»Was sagten Sie?«
Mr. Pointz nahm die Tasche, betrachtete die leere Fassung, in der noch etwas Knetmasse klebte, und sagte dann langsam: »Er kann herausgefallen sein. Wir sehen besser noch einmal nach.«
Die Suche wurde wiederholt, aber diesmal in einer ungewöhnlichen Stille. Es herrschte eine gespannte Stimmung.
Einer nach dem anderen gab die Suche auf. Alle standen herum und schauten sich gegenseitig an.

»Er ist nicht in diesem Zimmer«, sagte Stein.
»Und niemand hat diesen Raum verlassen«, fügte Sir George nachdrücklich hinzu.
Einen Augenblick herrschte Schweigen. Eve brach in Tränen aus. Ihr Vater tätschelte ihr tröstend die Schulter.
»Nun, nun«, sagte er unbeholfen.
Sir George wandte sich an Leo Stein.
»Mr. Stein«, sagte er. »Sie haben eben eine Bemerkung gemacht. Als ich Sie bat, sie zu wiederholen, meinten Sie, es sei nichts Wichtiges. Tatsächlich habe ich aber verstanden, was Sie sagten. Als Miss Eve nämlich behauptete, daß niemand bemerkt habe, wie sie den Stein versteckte, murmelten sie: ›Das frage ich mich.‹ Wir müssen also die Möglichkeit in Betracht ziehen, daß jemand es *doch* beobachtete – und daß dieser Jemand sich in diesem Zimmer befindet. Ich schlage als faire und ehrenhafte Lösung vor, daß jeder von uns sich bereit erklärt, sich einer Durchsuchung zu unterziehen. Der Diamant kann aus diesem Zimmer nicht hinausgelangt sein.«
Wenn Sir George die Rolle des ehrenhaften englischen Gentlemans spielte, war er unübertrefflich. Seine Stimme bebte vor Aufrichtigkeit und Entrüstung.
»Ein bißchen unangenehm, das alles«, sagte Mr. Pointz unglücklich.
»Das ist nur meine Schuld«, schluchzte Eve. »Ich wollte nicht . . .«
»Beruhige dich, Kind«, sagte Mr. Stein freundlich. »Niemand macht dir Vorwürfe.«
Mr. Leathern erklärte in seiner langsamen, pedantischen Art: »Nun, ich glaube, daß jeder von uns Sir Georges Vorschlag voll unterstützen kann. Ich tue es.«
»Ich auch«, pflichtete ihm Evan Llewellyn bei.
Mrs. Rustington sah Lady Marroway an, die kurz nickte. Beide Damen verschwanden wieder hinter dem Wandschirm, gefolgt von der schluchzenden Eve.

Ein Kellner klopfte an die Tür und wurde wieder weggeschickt.
Fünf Minuten später schauten sich acht Personen ungläubig an. Der *Morning Star* hatte sich in Nichts aufgelöst ...

Mr. Parker Pyne blickte nachdenklich in das dunkle, aufgeregte Gesicht des jungen Mannes vor ihm.
»Natürlich«, sagte er, »Sie stammen aus Wales, Mr. Llewellyn.«
»Was hat das damit zu tun?«
Mr. Parker Pyne wedelte mit seiner großen, gutgepflegten Hand. »Überhaupt nichts, muß ich gestehen. Ich interessiere mich nur für die Klassifizierung gefühlsmäßiger Reaktionen bestimmter Volksstämme. Das ist alles. Aber lassen Sie uns auf die Erwägungen Ihres speziellen Problems zurückkommen.«
»Ich weiß eigentlich gar nicht, weshalb ich Sie aufgesucht habe«, sagte Evan Llewellyn. Seine Hände zitterten vor Nervosität, und sein dunkles Gesicht trug einen verstörten Ausdruck. Er sah Mr. Parker Pyne nicht an. Pynes prüfender Blick machte ihn augenscheinlich verlegen. »Ich weiß gar nicht, weshalb ich Sie aufsuchte«, wiederholte er. »Aber wohin, zum Teufel, *soll* ich gehen? Und was, zum Teufel, kann ich überhaupt unternehmen? Es ist diese Ohnmacht, nichts tun zu können, die mich fertigmacht ... Ich sah Ihre Anzeige und erinnerte mich, daß irgend jemand Sie mal erwähnte und sagte, Sie hätten ihm geholfen ... Und – nun – hier bin ich! Vermutlich bin ich ein Narr, denn in meiner Lage kann mir niemand mehr helfen.«
»Aber nicht doch«, entgegnete Mr. Parker Pyne. »Ich bin genau der Richtige für Sie. Ich bin Spezialist für unglückliche Fälle. Diese Angelegenheit hat Ihnen offensichtlich schon eine Menge Kummer bereitet. Sind Sie sicher, daß die Fakten genau so sind, wie Sie sie mir berichtet ha-

ben?«
»Ich glaube nicht, daß ich irgend etwas ausgelassen habe. Pointz nahm den Diamanten aus der Tasche und reichte ihn herum. Diese unmögliche kleine Amerikanerin steckte ihn an ihre lächerliche Tasche, und als wir diese schließlich in Augenschein nahmen, war er verschwunden. Niemand hatte ihn – selbst der alte Pointz wurde durchsucht, was er selber vorschlug. Ich schwöre – daß der Stein nicht im Zimmer war. *Und niemand verließ das Zimmer...*«
»Auch keine Kellner, zum Beispiel?« fragte Mr. Parker Pyne.
Llewellyn schüttelte den Kopf. »Sie gingen hinaus, bevor das Mädchen mit dem Diamanten herumspielte, und dann bat Pointz, die Tür abzuschließen, damit sie draußen blieben. Nein, es muß einer von uns gewesen sein.«
»Das scheint mir auch so«, sagte Mr. Parker Pyne nachdenklich.
»Diese verdammte Abendzeitung!« rief Evan Llewellyn bitter. »Ich merkte, wie ihnen der Verdacht kam – daß dies die einzige Möglichkeit war...«
»Bitte, schildern Sie mir noch einmal genau den Hergang.«
»Das war ganz einfach. Ich öffnete das Fenster, pfiff dem Zeitungsjungen, warf eine Münze hinunter und er warf die Zeitung herauf. Und genau das ist sie, verstehen Sie – die einzige Möglichkeit, wie der Diamant aus dem Zimmer verschwinden konnte – ich warf ihn einem Komplizen zu, der unten wartete.«
»Nicht die einzige Möglichkeit«, bemerkte Mr. Parker Pyne.
»Welche schlagen Sie dann vor?«
»Wenn Sie ihn nicht hinunterwarfen, muß es einfach eine andere Lösung geben!«
»Ich verstehe. Ich hoffte, Sie hätten etwas Bestimmtes im

Auge. Also, ich kann nur wiederholen, daß ich den Stein nicht hinunterwarf, aber ich kann nicht erwarten, daß Sie mir glauben – oder irgend jemand sonst.«
»Doch, ich glaube Ihnen«, sagte Mr. Parker Pyne.
»Sie glauben mir? Warum?«
»Sie sind kein krimineller Typ«, sagte Mr. Parker Pyne. »Das heißt, Sie sind nicht der Typ, der Juwelen stiehlt. Es gibt natürlich Verbrechen, die Sie verüben könnten – aber mit diesem Thema wollen wir uns jetzt nicht befassen. Jedenfalls sehe ich in Ihnen nicht den Dieb des *Morning Star*.«
»Jeder andere tut es aber«, antwortete Llewellyn bitter.
»Aha!« sagte Mr. Parker Pyne.
»Sie sahen mich alle so komisch an. Marroway nahm die Zeitung in die Hand und warf einen Blick zum Fenster hinaus. Dabei sagte er kein Wort. Aber Pointz begriff sofort. Ich konnte ihnen ansehen, was sie dachten. Doch niemand beschuldigte mich offen, das ist das Teuflische daran.«
Mr. Parker Pyne nickte mitfühlend. »So was ist viel schlimmer«, sagte er.
»Ja. Sie haben nicht mehr als einen Verdacht. Kürzlich war ein Polizeibeamter bei mir, der eine Menge Fragen stellte – Routinefragen, wie er es nannte. Einer von der neuen studierten Sorte. Sehr taktvoll – überhaupt keine Andeutungen. Interessierte sich nur für die Tatsache, daß ich knapp bei Kasse gewesen war und plötzlich über ein bißchen Geld verfügte.«
»Stimmt das?«
»Ja, ich hatte Glück mit ein oder zwei Pferden. Leider schloß ich die Wetten auf der Rennbahn ab und verfüge über keinerlei Beweise, daß ich das Geld auf diese Art bekommen habe. Das Gegenteil kann man mir natürlich auch nicht beweisen – aber das ist gerade die Art bequemer Lüge, die jemand erfinden würde, der nicht verraten

will, woher das Geld tatsächlich stammt.«
»Da stimme ich Jhnen zu. Trotzdem müßten sie schon eine Menge mehr in der Hand haben, um die Sache weiter zu verfolgen.«
»Ach, wissen Sie, ich habe keine Angst davor, eingesperrt und des Diebstahls angeklagt zu werden. In gewisser Weise würde das die Sache sogar vereinfachen: man wüßte, wie man dran ist. Doch so bleibt die gräßliche Tatsache bestehen, daß alle diese Leute glauben, ich hätte den Diamanten gestohlen.«
»Meinen Sie jemand bestimmten?«
»Was wollen Sie damit andeuten?«
»Eine Vermutung, weiter nichts.« Wieder schwenkte Mr. Parker Pyne die wohlgepflegte Hand. »Aber es gibt eine bestimmte Person, nicht wahr? Vielleicht Mrs. Rustington?«
Llewellyn errötete. »Wieso gerade sie?«
»Oh, mein Bester, da gibt es eindeutig jemanden, auf dessen Meinung Sie besonders großen Wert legen – vermutlich eine Dame. Welche Damen waren anwesend? Ein amerikanischer Teenager? Lady Marroway? In Lady Marroways Achtung würden Sie vermutlich steigen, nicht sinken, wenn Sie solch einen Coup gelandet hätten. Ich weiß nämlich einiges über diese Dame. Also bleibt nur Mrs. Rustington.«
Llewellyn entgegnete mit einiger Anstrengung: »Sie... sie hat ein ziemlich unglückliches Erlebnis hinter sich. Ihr Mann war ein gemeiner Kerl. Deshalb traut sie keinem Menschen mehr. Wenn... wenn sie glaubt...« Er wußte nicht mehr weiter.
»Ganz recht!« sagte Mr. Parker Pyne. »Wie ich sehe, ist die Angelegenheit wirklich sehr wichtig. Sie muß aufgeklärt werden.«
Llewellyn lachte auf. «Das ist leicht gesagt.«
»Und ganz leicht getan«, erwiderte Mr. Parker Pyne.

»Glauben Sie?«
»Aber ja, das Problem liegt klar auf der Hand. Viele Lösungsmöglichkeiten scheiden deshalb aus. Die Antwort dürfte äußerst einfach sein. Tatsächlich habe ich bereits einen gewissen Verdacht...«
Evan starrte ihn ungläubig an.
Mr. Parker Pyne zog einen Notizblock heraus und nahm einen Stift zur Hand.
»Bitte, geben Sie mir eine kurze Beschreibung der anwesenden Personen.«
»Habe ich das nicht bereits getan?«
»Ich benötige persönliche Merkmale: Haarfarbe und so weiter.«
»Aber Mr. Pyne, was soll das mit dem Fall zu tun haben?«
»Sehr viel, junger Mann, sehr viel, Klassifizierung und so weiter.«
Immer noch ziemlich ungläubig, beschrieb Evan die persönliche Erscheinung der Gäste des Bootsausfluges.
Mr. Parker Pyne machte sich ein oder zwei Notizen, dann schob er den Block weg und sagte: »Ausgezeichnet. Nebenbei, erzählten Sie nicht, daß ein Weinglas zerbrach?«
Evan starrte ihn wieder an. »Ja, es wurde vom Tisch gestoßen, und dann trat jemand darauf.«
»Unangenehme Sache, solche Glassplitter«, bemerkte Mr. Parker Pyne. »Wessen Weinglas war es?«
»Ich glaube, das von dem Kind – Eve.«
»Aha. Und wer saß auf dieser Seite neben ihr?«
»Sir George Marroway.«
»Sie haben nicht beobachtet, wer das Glas umstieß?«
»Leider nein. Ist das wichtig?«
»Nicht unbedingt. Nein. Das war eine überflüssige Frage.« Er stand auf. »Nun, Mr. Llewellyn, können Sie in drei Tagen wiederkommen? Ich nehme an, daß der Fall bis dahin restlos geklärt ist.«
»Machen Sie Witze, Mr. Pyne?«

»In beruflichen Angelegenheiten spaße ich nie, mein Lieber. Das könnte bei meinen Klienten Mißtrauen erwecken. Wie wäre es am Freitag um halb zwölf? Danke schön.«

Llewellyn betrat Parkers Büro am Freitag vormittag in einem beträchtlichen Gemütsaufruhr. Zweifel und Hoffnung kämpften in ihm.
Mr. Parker Pyne erhob sich mit einem strahlenden Lächeln und begrüßte ihn. »Guten Morgen, Mr. Llewellyn. Bitte, nehmen Sie Platz! Zigarette gefällig!«
Llewellyn schob die angebotene Schachtel beiseite. »Nun?« fragte er.
»Alles in bester Ordnung«, entgegnete Mr. Parker Pyne. »Die Polizei hat die Bande gestern abend verhaftet.«
»Die Bande? Welche Bande?«
»Die Amalfi-Bande. Ich habe gleich an sie gedacht, als ich Ihren Bericht hörte. Ich erkannte ihre Arbeitsmethoden, und als Sie mir dann die Gäste beschrieben, nun, da gab es keinen Zweifel mehr.«
»Wer ist die Amalfi-Bande?«
»Vater, Sohn und Schwiegertochter – das heißt, wenn Pietro und Maria tatsächlich verheiratet sind, woran einige Leute zweifeln.«
„Ich verstehe nicht.«
»Es ist ziemlich einfach. Der Name ist italienisch, und ohne Zweifel stammt die Familie auch aus Italien, aber der alte Amalfi wurde schon in Amerika geboren. Seine Methoden sind für gewöhnlich immer die selben. Er gibt sich als Geschäftsmann aus, sucht die Bekanntschaft eines prominenten Mannes aus dem Juwelenhandel irgendeines europäischen Landes und spielt dann seinen kleinen Trick. In diesem Fall war er ganz bewußt hinter dem *Morning Star* her. Pointz' Spleen ist in der Branche wohlbekannt. Maria Amalfi spielte die Rolle seiner Toch-

ter. Sie ist eine erstaunliche Person, mindestens siebenundzwanzig Jahre alt, und verkörpert fast immer die Rolle einer Sechzehnjährigen.«
»Aber doch nicht Eve!« rief Llewellyn verblüfft.
»O ja! Das dritte Mitglied der Bande verschaffte sich im *Royal George* Arbeit als Aushilfskellner – bedenken Sie, es war Ferienzeit, und man brauchte sicherlich zusätzliches Personal. Vielleicht hat er sogar einen der festangestellten Kellner bestochen, wegzubleiben. Damit ist die Szene vorbereitet. Eve fordert den alten Pointz heraus, und der nimmt die Wette an. Wie am Abend zuvor reicht er den Diamanten herum. Die Kellner betreten das Zimmer, und Leathern behält den Stein zurück, bis sie wieder gehen. Aber mit ihnen verläßt auch der Diamant das Zimmer, sauber mit einem Stück Kaugummi unter einem Teller befestigt, den Pietro hinausträgt. So einfach war das!«
»Aber ich habe den Stein danach noch gesehen.«
»Nein, nein, Sie sahen eine Nachbildung aus Glas, die auf den ersten Blick durchaus echt wirkt. Stein, so erzählten Sie mir, sah den ›Diamanten‹ kaum an. Eve läßt die Imitation fallen, fegt auch das Glas hinunter und tritt fest auf Glas und Stein. Wundersames Verschwinden des Diamanten! Beide, Eve und Leathern, können sich nach Lust und Laune durchsuchen lassen.«
»Nun ... ich ...«, Llewellyn schüttelte sprachlos den Kopf. »Sie sagten, daß Sie die Bande an meiner Beschreibung wiedererkannten. Hat sie den Trick schon vorher einmal benutzt?«
»Nicht genau so, aber es war ihre Arbeitsweise. Natürlich wurde meine Aufmerksamkeit sofort auf das Mädchen Eve gelenkt.«
»Warum? Ich habe sie nicht verdächtigt, niemand tat es. Sie schien so ... so ein unschuldiges Kind zu sein.«
»Das ist Maria Amalfis besondere Begabung. Sie ist einem Kind ähnlicher als es ein Kind selbst überhaupt sein

kann. Und dann die Knetmasse! Die Wette wirkte ganz spontan – und doch hatte die junge Dame etwas Knetmasse griffbereit. Das sprach für einen genauen Plan und lenkte meinen Verdacht sofort auf sie.«

Llewellyn stand auf. »Mr. Pyne, ich bin Ihnen zu unendlichem Dank verpflichtet!«

»Klassifizierung«, murmelte Mr. Parker Pyne, »die Klassifizierung der kriminellen Typen, das ist es, was mich interessiert.«

»Sie lassen mich bitte wissen, wieviel ... hm ...«

»Mein Honorar wird ziemlich bescheiden sein«, sagte Mr. Parker Pyne, »und dürfte kein allzu großes Loch in Ihre – hm – Wettgewinne reißen. Trotzdem, junger Mann, würde ich an Ihrer Stelle die Pferde in Zukunft in Ruhe lassen. Ein sehr unzuverlässiges Tier, das Pferd.«

»Das geht in Ordnung«, sagte Llewellyn.

Er schüttelte Mr. Parker Pyne die Hand und verließ das Büro.

Draußen winkte er einem Taxi und gab als Ziel Janet Rustingtons Adresse an. Er hatte das Gefühl, daß er auf der ganzen Linie siegen würde.

Ein guter Freund

Sir Edward Palliser, Kronanwalt, wohnte am Queen Annes Close, Nr. 9. Queen Annes Close war eine Sackgasse im Zentrum von Westminster, die ihre friedliche Alt-Londoner Atmosphäre, weitab von der Hektik des zwanzigsten Jahrhunderts, bewahrt hatte. Diese Atmosphäre gefiel Sir Edward ausgezeichnet.
Sir Edward war zu seiner Zeit einer der bedeutendsten Strafverteidiger gewesen. Nun, da er nicht länger vor Gericht plädierte, beschäftigte er sich damit, eine wohlsortierte Bibliothek kriminalistischer Literatur zusammenzutragen. Darüber hinaus war er der Verfasser eines Buches mit dem Titel: *Lebensläufe berühmter Verbrecher*.
An diesem Abend saß Sir Edward vor dem Kamin in seiner Bibliothek, trank einen ausgezeichneten schwarzen Kaffee und zerbrach sich den Kopf über eine Ausgabe von Lombroso. Was für geistreiche Theorien, und wie überholt sie doch waren!
Die Tür öffnete sich fast lautlos. Über den tiefen Teppich kam sein wohlerzogener Diener heran und murmelte diskret: »Eine junge Dame wünscht Sie zu sprechen, Sir.«
»Eine junge Dame?« fragte Sir Edward überrascht. Das war etwas, das nicht oft geschah. Dann fiel ihm ein, daß es seine Nichte Ethel sein könnte – aber nein, in diesem Fall würde Armour es ihm gesagt haben. Vorsichtig fragte er: »Hat die Dame ihren Namen genannt?«
»Nein, Sir, aber sie sagte, sie wäre sicher, daß Sie sie empfangen würden.«

»Führen Sie sie herein«, sagte Sir Edward Palliser. Er war neugierig und genoß dieses Gefühl.
Eine schlanke, dunkelhaarige junge Dame, Ende Zwanzig, die ein schwarzes, gutsitzendes Kostüm und einen kleinen schwarzen Hut trug, kam mit ausgestreckter Hand und einem Ausdruck freudigen Wiedererkennens auf Sir Edward zu. Armour zog sich zurück, lautlos schloß sich die Tür hinter ihm.
»Sir Edward, Sie erkennen mich doch wieder, nicht wahr? Ich bin Magdalena Vaughan.«
»Aber natürlich.« Er drückte herzlich die ausgestreckte Hand. Nun erinnerte er sich wieder genau an sie. Die Heimreise von Amerika auf der *Siluric!* Das reizende Kind – denn damals war sie kaum mehr als ein Kind gewesen –, dem er den Hof gemacht hatte, natürlich diskret, wie es sich für einen Mann in seiner Position ziemte. Sie war so entzückend jung gewesen, so lebhaft, so voll von Bewunderung und tiefer Hingabe – genau das, was das Herz eines Mannes gefangennimmt, der sich den Sechzig nähert. Die Erinnerung ließ zusätzliche Wärme in seinen Händedruck strömen.
»Das ist äußerst reizend von Ihnen. Bitte, nehmen Sie doch Platz.« Er rückte ihr, leicht und gefällig plaudernd, einen Sessel zurecht und fragte sich dabei, was wohl der Grund ihres Kommens war. Als endlich sein leichtes Geplauder versiegte, herrschte Stille im Zimmer.
Ihre Hand auf der Sessellehne öffnete und schloß sich nervös, sie befeuchtete ihre Lippen, dann sagte sie plötzlich: »Sir Edward – bitte helfen Sie mir!«
Er war überrascht und murmelte automatisch: »Ja?«
Sie fuhr fort, und ihr Ton wurde immer eindringlicher: »Sie sagten damals, wenn ich irgendwann einmal Hilfe brauchen sollte – wenn es irgend etwas auf der Welt geben würde, was Sie für mich tun könnten – daß Sie es tun würden.«

Ja, das hatte er tatäschlich gesagt. Eine Floskel, die man so zu sagen pflegt, besonders in der Stunde des Abschieds. Er konnte sich noch an das Versagen seiner Stimme erinnern, an die Art, wie er ihre Hand an die Lippen führte.
»Wenn es je etwas gibt, was ich für Sie tun kann – denken Sie daran, ich meine es ernst.«
Ja, man pflegt solche Dinge zu sagen – aber nur sehr, sehr selten muß man sein Wort einlösen. Und bestimmt nicht nach – wieviel? – neun oder zehn Jahren. Er warf ihr einen schnellen Blick zu. Sie war noch immer ein sehr gut aussehendes Mädchen, aber das, was er seinerzeit so anziehend fand, hatte sie längst verloren: ihr taufrisches unberührtes jugendliches Aussehen. Vielleicht war ihr Gesicht jetzt ausdrucksvoller geworden – ein jüngerer Mann hätte das sicher gefunden –, aber Sir Edward war jetzt weit entfernt von der Welle der Wärme und Zuneigung, die ihn damals am Ende jener Atlantikreise überwältigt hatte.
Auf seinem Gesicht spiegelte sich Vorsicht. Er sagte förmlich: »Gewiß werde ich alles für Sie tun, was in meiner Macht steht – obwohl ich bezweifle, daß ich jetzt noch sehr viel für irgend jemanden tun kann.«
Offensichtlich bemerkte sie nicht, daß er seinen Rückzug vorbereitete. Sie gehörte zu den Menschen, die immer nur eine Idee verfolgen. Und in diesem Augenblick sah sie nur ihre eigene Zwangslage. Sir Edwards Bereitschaft, ihr zu helfen, setzte sie als selbstverständlich voraus.
»Wir sind in einer schrecklichen Bedrängnis, Sir Edward.«
»Wir? Sind Sie verheiratet?«
»Nein, ich meine meinen Bruder und mich, und natürlich auch William und Emily, in diesem Fall. Aber ich muß Ihnen das genau erklären. Ich habe . . . ich hatte eine Tante, Miss Crabtree. Vielleicht haben Sie darüber in der Zei-

tung gelesen? Es war schrecklich. Sie wurde getötet – ermordet.«
»Ach ja.« Sir Edwards Gesicht hellte sich auf. Es war interessant.
»Vor einem Monat, nicht wahr?«
Sie nickte. »Nicht ganz. Vor drei Wochen.«
»Ja, ich erinnere mich. Sie bekam einen Schlag über den Kopf, in ihrem eigenen Haus. Den Täter hat man noch nicht gefaßt.«
Magdalena Vaughan nickte wieder. »Nein, man hat den Mann nicht gefaßt. Ich glaube, daß man ihn niemals fassen wird, denn es gibt keinen fremden Täter.«
»Was sagen Sie da?«
»Ja, es ist schrecklich. In den Zeitungen hat darüber nichts gestanden. Aber das ist es, was die Polizei vermutet. Sie weiß, daß niemand an jenem Abend das Haus betreten hat.«
»Sie meinen . . .«
». . . daß es einer von uns vieren gewesen ist. Es *muß* so gewesen sein. Die Polizei weiß nicht wer, und wir wissen es auch nicht. Wir wissen es einfach nicht! Und so sitzen wir jeden Tag herum und starren uns gegenseitig mißtrauisch und verstohlen an. Ach, wenn es doch ein Fremder gewesen wäre . . .«
Sir Edward blickte Magdalena mit wachsendem Interesse an. »Sie wollen sagen, daß die Familienmitglieder unter Verdacht stehen?«
»Ja. Die Polizei hat das natürlich nicht behauptet. Die Beamten waren sehr nett und höflich. Aber sie haben das Haus auf den Kopf gestellt, sie haben uns alle und Martha immer und immer wieder verhört . . . Und weil sie nicht wissen, wer es war, warten sie ab. Ich habe Angst, eine schreckliche Angst!«
»Mein liebes Kind, jetzt übertreiben Sie wohl ein bißchen.«

»Oh, nein. Es ist einer von uns vieren – es muß so sein.«
»Wer sind die vier, von denen Sie sprechen?«
Magdalena richtete sich auf und sprach etwas gefaßter.
»Das bin ich und mein Zwillingsbruder Matthew. Tante Lily war unsere Großtante, Großmutters Schwester. Wir lebten bei ihr, seitdem wir vierzehn waren. Und dann ist da noch William Crabtree. Er ist Tante Lilys Neffe, der Sohn ihres Bruders. Er lebte gleichfalls bei ihr, zusammen mit seiner Frau Emily.«
»Hat sie ihre Verwandten unterstützt?«
»Mehr oder weniger. William hat etwas eigenes Geld. Er ist nicht gesund und kann nicht arbeiten. Er ist ein ruhiger, in sich gekehrter Mensch. Ich bin sicher, daß er unmöglich ... Ach, es ist schrecklich, daran auch nur zu denken!«
»Ich habe die ganze Angelegenheit noch immer nicht recht verstanden. Vielleicht können Sie mir die genauen Einzelheiten schildern, falls es Sie nicht zu sehr aufregt.«
»Oh, nein, ich will Ihnen gerne alles erzählen. Es ist alles noch so deutlich in meinem Gedächtnis. Wir hatten zusammen Tee getrunken, danach ging jeder seinen persönlichen Beschäftigungen nach. Ich hatte etwas zu nähen, Matthew tippte einen Artikel, denn er arbeitet nebenbei als Journalist, und William beschäftigte sich mit seinen Briefmarken. Emily war nicht zum Tee erschienen. Sie hatte eine Kopfschmerztablette eingenommen und sich hingelegt. Wir waren also alle irgendwie beschäftigt. Und als Martha um halb acht ins Wohnzimmer kam, um für das Abendessen zu decken, da lag Tante Lily da – tot. Ihr Kopf war – ganz zertrümmert.«
»Die Tatwaffe hat man gefunden, nehme ich an?«
»Ja, es war ein massiver Briefbeschwerer, der immer auf dem Tisch neben der Tür lag. Die Polizei untersuchte ihn auf Fingerabdrücke, fand aber keine. Er war abgewischt worden.«

»Und Ihr erster Verdacht?«
»Wir nahmen natürlich an, daß es ein Einbrecher war. Zwei oder drei Schubladen des Schreibtisches waren herausgezogen, so, als ob ein Dieb etwas gesucht hätte. Selbstverständlich nahmen wir an, daß es ein Dieb war! Doch dann kam die Polizei und stellte fest, daß Tante Lily schon mindestens eine Stunde tot war und fragte Martha, wer ins Haus gekommen wäre, und Martha sagte: ›Niemand.‹ Alle Fenster waren von innen verriegelt, und es gab keine Anzeichen, daß man versucht hatte, sie zu öffnen. Und dann begannen sie, uns Fragen zu stellen...«
Sie stockte. Mit ängstlichen, flehenden Augen suchte sie Trost in Sir Edwards Blick.
»Wer hat vom Tod Ihrer Tante einen Nutzen?«
»Das ist einfach. Wir haben alle den gleichen Nutzen. Ihr Vermögen wird zu gleichen Teilen unter uns aufgeteilt.«
»Und wie groß ist dieses Vermögen?«
»Der Anwalt erklärte uns, daß es etwa achtzigtausend Pfund nach Abzug der Erbschaftssteuer beträgt.«
Sir Edward riß leicht erstaunt die Augen auf. »Das ist eine ganz beträchtliche Summe. Sie kannten, nehme ich an, die Größe des Vermögens Ihrer Tante?«
Magdalena schüttelte den Kopf. »Nein, das hat uns völlig überrascht. Tante Lily war immer schrecklich sparsam. Sie hielt sich nur einen Dienstboten und redete immer viel über gutes Wirtschaften.«
Sir Edward nickte gedankenvoll. Magdalena beugte sich in ihrem Sessel ein wenig vor. »Sie werden mir helfen, nicht wahr?«
Ihre Worte trafen Sir Edward wie ein Schock gerade in dem Moment, als er anfing, sich für den Fall zu interessieren.
»Meine liebe junge Dame, was kann ich schon tun? Wenn Sie einen guten Rechtsanwalt brauchen, kann ich Ihnen eine Adresse geben...«

Sie fiel ihm ins Wort. »Oh nein, das ist es nicht, was ich brauche! Ich bitte um Ihre persönliche Hilfe – als mein Freund.«
»Das ist sehr schmeichelhaft von Ihnen, aber ...«
»Ich bitte Sie, kommen Sie in unser Haus, stellen Sie Fragen, sehen Sie sich um, und bilden Sie sich selbst ein Urteil!«
»Aber meine liebe ...«
»Erinnern Sie sich daran, was Sie versprachen. Überall, zu jeder Zeit, sagten Sie, wenn ich Hilfe brauche ...«
Ihre Augen, flehend, doch zuversichtlich, suchten die seinen. Sir Edward fühlte sich beschämt und seltsam gerührt. Diese Offenheit, dieser unbedingte Glaube daran, daß ein eitles Versprechen, vor zehn Jahren, eine heilige absolut bindende Sache ist! Wie viele Männer hatten wohl schon diese Worte ausgesprochen – fast ein Klischee – und wie wenige waren jemals aufgefordert worden, sie in die Tat umzusetzen? So entgegnete er ziemlich lahm: »Ich bin sicher, daß es eine Menge Leute gibt, die Ihnen besser helfen könnten als ich.«
»Natürlich habe ich eine Menge Freunde.« (Er amüsierte sich über die naive Selbstsicherheit, die sich darin ausdrückte.) »Aber verstehen Sie, sie sind alle nicht erfahren genug. Nicht so wie Sie. Sie haben Erfahrung darin, Menschen zu befragen. Und mit all Ihrer Erfahrung *müssen* Sie es wissen.«
»Wissen was?«
»Ob sie schuldig oder unschuldig sind.«
Sir Edward lächelte ziemlich grimmig in sich hinein. Er schmeichelte sich, daß er es im allgemeinen tatsächlich gewußt hatte. Leider war in vielen Fällen seine Meinung nicht die der Geschworenen gewesen.
Magdalena schob mit einer nervösen Geste ihren Hut aus der Stirn, sah sich im Zimmer um und sagte: »Wie still es hier ist. Haben Sie nicht hin und wieder das Verlangen

nach etwas Leben?«
Die Sackgasse! Ihre Worte, so unabsichtlich, aufs Geratewohl sie gesprochen waren, hatten ihn an der empfindlichsten Stelle getroffen. Eine Sackgasse, ja. Aber da gab es immer einen Weg hinaus – den Weg, den man gekommen war – den Weg zurück in die Welt ...
Etwas Ungestümes und Jugendhaftes begann sich in ihm zu regen. Ihr unbedingtes Vertrauen appellierte an die besten Seiten seines Wesens; und ihr Problem weckte das Interesse des geborenen Kriminalisten in ihm. Ja, er wollte die Menschen sehen, von denen sie gesprochen hatte. Er wollte sich sein eigenes Urteil bilden.
So sagte er: »Wenn Sie tatsächlich überzeugt sind, daß ich Ihnen von Nutzen sein kann ... Aber denken Sie daran, ich garantiere für nichts!« Er hatte erwartet, daß sie vor Freude überwältigt sein würde, aber sie nahm sein Angebot sehr ruhig auf.
»Ich wußte, daß Sie mir helfen würden. Ich habe Sie immer als wahren Freund betrachtet. Wollen Sie gleich mitkommen?«
»Nein. Ich denke, es wird zweckmäßiger sein, wenn ich Sie morgen aufsuche. Bitte, geben Sie mir noch die Adresse von Miss Crabtrees Rechtsanwalt. Es könnte sein, daß ich ein paar Fragen an ihn habe.«
Sie schrieb die Adresse auf und gab sie ihm. Dann stand sie auf und sagte ein wenig verlegen: »Ich ... ich bin Ihnen überaus dankbar. Auf Wiedersehen!«
»Und Ihre eigene Adresse?«
»Wie dumm von mir! Palatine Walk 18, in Chelsea.«

Es war drei Uhr am Nachmittag des folgenden Tages, als Sir Edward Palliser mit ruhigen, gleichmäßigen Schritten das Haus am Palatine Walk erreichte. In der Zwischenzeit hatte er verschiedene Dinge herausgefunden. Zunächst hatte er Scotland Yard einen Besuch abgestattet, dessen

stellvertretender Direktor ein alter Freund von ihm war, und dann hatte er ein Gespräch mit dem Anwalt der verstorbenen Miss Crabtree geführt. Nun konnte er den Fall besser beurteilen.
Miss Crabtrees pekuniäre Regelungen waren ein bißchen sonderbar gewesen. Sie hatte niemals von einem Scheckbuch Gebrauch gemacht, sondern ihren Anwalt von Zeit zu Zeit angewiesen, eine bestimmte Summe in Fünfpfundnoten für sie bereit zuhalten. Es war fast immer die gleiche Summe, viermal im Jahr dreihundert Pfund. Wenn sie das Geld abholte, pflegte sie in einer vierrädrigen Kutsche zu kommen, das einzige sichere Transportmittel in ihren Augen. Sonst verließ sie nie das Haus.
In Scotland Yard erfuhr Sir Edward, daß man die Frage der Finanzen besonders sorgfältig untersucht hatte. Die nächste Abhebung von Miss Crabtree war fällig gewesen. Vermutlich waren also die vorhergehenden dreihundert Pfund verbraucht, oder zumindestens fast verbraucht worden. Doch dieser Punkt schien nicht klar zu sein. Bei Überprüfungen des Haushaltsbuches wurde es schnell klar, daß diese Aufwendungen von Miss Crabtree wesentlich weniger als dreihundert Pfund im Vierteljahr betrugen. Auf der anderen Seite hatte sie die Angewohnheit, notleidenden Verwandten oder Freunden etwas zukommen zu lassen. Ob zur Zeit ihres Todes sich viel oder wenig Geld im Haus befand, war also ein ungeklärter Punkt. Gefunden hatte man keins.
Es war dieser spezielle Punkt, der Sir Edward im Kopf herumging, während er sich seinem Ziel näherte. Die Tür des Hauses (das ohne Kellergeschoß war) wurde von einer kleinen, wachsam blickenden, ältlichen Frau geöffnet. Sie führte ihn in ein großes Wohnzimmer auf der linken Seite der kleinen Eingangshalle, wo ihn Magdalena begrüßte. Deutlicher noch als am Tag zuvor bemerkte er die Spuren nervöser Anspannung in ihrem Gesicht.

»Sie haben mich gebeten, Fragen zu stellen, und deswegen bin ich gekommen«, sagte Sir Edward lächelnd, während er ihr die Hand gab. »Zunächst einmal möchte ich gern wissen, wer Ihre Tante zuletzt sah und zu welcher Uhrzeit das war?«
»Martha war das, nach dem Fünf-Uhr-Tee. Sie hatte am Nachmittag die Rechnungen bei den Kaufleuten beglichen und brachte Tante Lily nun die Belege und das Wechselgeld.«
»Vertrauen Sie Martha?«
»Oh ja, unbedingt. Sie ist schon – warten Sie – ich glaube dreißig Jahre bei Tante Lily beschäftigt. Sie ist absolut ehrlich und zuverlässig.«
Sir Edward nickte. »Eine andere Frage, Warum nahm Ihre Verwandte, Mrs. Crabtree, eine Kopfschmerztablette ein?«
»Nun, weil sie Kopfschmerzen hatte.«
»Natürlich, aber warum hatte sie Kopfschmerzen?«
»Nun, beim Mittagessen hatte es einen ziemlichen Streit gegeben. Emily ist sehr nervös und erregbar. Sie und Tante Lily hatten hin und wieder einmal Krach miteinander.«
»Und das war während des Mittagessens der Fall?«
»Ja. Tante Lily regte sich oft über Nichtigkeiten auf. Es fing mit einer Kleinigkeit an, und im Handumdrehen hatten sie einen großen Streit. Emily sagte Dinge, die sie gar nicht so gemeint haben konnte – daß sie das Haus verlassen und niemals wiederkommen wolle, daß man ihr jeden Bissen im Mund mißgönnen würde – solche albernen Sachen. Und Tante Lily entgegnete, je schneller sie und ihr Mann die Sachen packen und verschwinden würden, desto besser wäre es. Aber niemand hat das ernst gemeint, glauben Sie mir.«
»Weil Mr. und Mrs. Crabtree es sich gar nicht leisten konnten, zu packen und das Haus zu verlassen?«

»Oh nein, nicht nur deshalb. William hatte Tante Lily sehr gern, wirklich!«
»Und dieser Tag war nicht zufällig ein Tag, an dem allgemein gestritten wurde?«
Magdalena stieg die Röte ins Gesicht. »Spielen Sie auf mich an? Auf den Ärger wegen meines Wunsches Mannequin zu werden?«
»Ihre Tante war damit nicht einverstanden?«
»Nein.«
»Warum wollten Sie Mannequin werden, Miss Magdalena? Erscheint Ihnen dieses Leben besonders attraktiv?«
»Nein, aber alles andere schien besser als das abhängige Leben hier.«
»Ich verstehe. Aber zukünftig werden Sie über ein ausreichendes Einkommen verfügen können, nicht wahr?«
»Ja, das stimmt. Jetzt hat sich alles geändert.« Diese Bemerkung machte sie mit entwaffnender Einfalt.
Sir Edward schmunzelte, ging aber nicht weiter darauf ein. Statt dessen fragte er: „Und Ihr Bruder? Hatte der auch Ärger?«
»Matthew? Nein.«
»Dann hatte er also kein Motiv, seine Tante aus dem Weg zu räumen?« Ihm entging nicht die momentane Bestürzung in ihren Zügen. Beiläufig sagte er: »Ach, ich vergaß. Er hatte doch eine Menge Schulden, nicht wahr?«
»Ja. Armer alter Matthew.«
»Aber das ist ja nun auch vorbei.«
Sie seufzte. »Ja. Es ist schon eine Erleichterung.«
Begriff sie eigentlich noch immer nicht? Hastig wechselte er das Thema. »Sind Ihre Verwandten und Ihr Bruder zu Hause?«
»Ja, ich sagte ihnen, daß Sie kommen. Sie sind bereit, zu helfen. Oh, Sir Edward, irgendwie habe ich das Gefühl, daß Sie herausfinden werden, daß alles in Ordnung ist – daß niemand von uns etwas mit dem Mord zu tun hat –

daß es, trotz allem, ein Eindringling war!«
»Ich kann keine Wunder wirken. Es kann sein, daß ich die Wahrheit herausfinde, aber ich kann diese Wahrheit nicht zu der von Ihnen gewünschten machen.«
»Können Sie das nicht? Ich habe das Gefühl, daß Sie alles können – alles.«
Sie verließ das Zimmer. Verstört dachte er: Was meint sie damit? Will sie, daß ich ihr eine Verteidigungslinie vorschlage? Für wen?
Seine Überlegungen wurden durch den Eintritt eines etwa fünfzigjährigen Mannes unterbrochen. Er war von kraftvoller Gestalt, ging aber etwas vornübergebeugt. Seine Kleidung war unordentlich, sein Haar nachlässig gekämmt. Er machte einen gutmütigen, aber etwas weichlichen Eindruck.
»Sir Edward Palliser? Wie geht es Ihnen? Magdalena schickt mich. Es ist sehr nett von Ihnen, daß Sie uns helfen wollen. Obwohl ich bezweifle, daß Sie etwas Neues entdecken. Ich glaube, daß man den Burschen nie mehr erwischen wird.«
»Sie glauben also, daß es ein Einbrecher war?«
»Nun, es muß so sein. Es kann niemand aus der Familie gewesen sein. Diese Burschen sind heutzutage sehr gerissen. Sie klettern wie die Katzen und kommen rein und raus wie sie wollen.«
»Wo waren Sie, Mr. Crabtree, als die Tragödie geschah?«
»Ich beschäftigte mich mit meinen Briefmarken – oben in meinem kleinen Wohnzimmer.«
»Haben Sie irgend etwas gehört?«
»Nein, aber ich höre nie etwas, wenn ich mich mit einer Sache intensiv beschäftige. Sehr dumm von mir, aber das ist nun einmal so.«
»Liegt das Wohnzimmer, von dem Sie sprachen, über diesem Zimmer?«
»Nein, es liegt auf der Rückseite des Hauses.«

Wieder öffnete sich die Tür. Eine kleine blonde Frau trat ein. Ihre Hände zitterten nervös. Sie sah aufgeregt und gereizt aus.
»William, warum hast du nicht auf mich gewartet. Ich sagte doch: warte!«
»Entschuldige, meine Liebe, ich vergaß es. Sir Edward Palliser – meine Frau.«
»Wie geht es Ihnen, Mrs. Crabtree? Ich hoffe, Sie haben nichts dagegen, wenn ich Ihnen ein paar Fragen stelle. Ich weiß, wie Ihnen daran gelegen ist, daß die Sache aufgeklärt wird.«
»Natürlich. Aber ich kann Ihnen überhaupt nichts sagen, nicht wahr, William? Ich war fest eingeschlafen und wachte erst auf, als Martha schrie.« Ihre Hände zitterten noch immer.
»Wo liegt Ihr Zimmer, Mrs. Crabtree?«
»Über diesem hier. Aber ich habe nichts gehört – wie konnte ich auch? Ich schlief fest.«
Etwas anderes konnte Sir Edward nicht aus ihr herausbekommen. Sie wußte nichts – sie hatte nichts gehört – sie hatte fest geschlafen. Das wiederholte sie mit der Hartnäckigkeit einer verängstigten Frau. Doch Sir Edward wußte, daß es tatsächlich so sein konnte, daß es möglicherweise die reine Wahrheit war.
Er entschuldigte sich schließlich mit der Bemerkung, daß er Martha ein paar Fragen stellen wolle. William Crabtree erbot sich, ihn in die Küche zu führen. In der Eingangshalle stieß Sir Edward fast mit einem schlanken, dunkelhaarigem jungen Mann zusammen, der auf dem Weg zur Haustür war.
»Mr. Matthew Vaughan?«
»Ja, aber hören Sie, ich kann nicht warten, ich habe eine Verabredung.«
»Matthew!« Die Stimme seiner Schwester kam von der Treppe. »Matthew, du hast versprochen . . .«

»Ich weiß, Schwesterlein. Aber ich kann nicht. Muß einen Freund treffen. Und, nebenbei, was hat es für einen Sinn, über die verdammte Sache immer und immer wieder zu reden? Wir haben genug mit der Polizei darüber geredet. Die ganze Sache hängt mir zum Hals heraus.«
Die Haustür schlug zu. Mr. Matthew Vaughan war gegangen.
Sir Edward wurde in die Küche geführt. Martha bügelte. Sie machte eine Pause, mit dem Bügeleisen in der Hand. Sir Edward schloß die Tür hinter sich. »Miss Vaughan hat mich gebeten, ihr zu helfen«, sagte er. »Ich hoffe, Sie haben nichts dagegen, wenn ich Ihnen ein paar Fragen stelle?«
Sie sah ihn an, dann schüttelte sie den Kopf. »Niemand von ihnen hat es getan, Sir. Ich weiß, was Sie denken, aber das ist nicht so.«
»Das bezweifle ich nicht. Aber, wissen Sie, ihr nettes Wesen ist nicht das, was man einen Entlastungsgrund nennt.«
»Mag sein, Sir. Das Recht ist schon eine ziemlich spaßige Sache. Aber es gibt einen Entlastungsgrund, wie Sie es nennen, Sir. Niemand hätte es tun können, ohne daß ich es wüßte.«
»Aber sicherlich ...«
»Ich weiß, wovon ich rede, Sir. Da, horchen Sie!« Über ihren Köpfen war ein knarrendes Geräusch zu hören.
»Die Treppe, Sir. Jedesmal, wenn jemand hinauf oder hinunter geht, knarrt sie entsetzlich. Dabei kommt es nicht darauf an, wie leise man geht. Mrs. Crabtree lag in ihrem Bett, und Mr. Crabtree beschäftigte sich mit seinen scheußlichen Marken, und Miss Magdalena arbeitete oben an ihrer Nähmaschine; wenn einer der drei heruntergekommen wäre, hätte ich es gewußt. Aber es kam niemand.«
Sie sprach mit einer festen Gewißheit, die den ehemali-

gen Anwalt beeindruckte. Eine gute Zeugin, dachte er. Sie würde Gewicht haben.
»Vielleicht haben Sie es nicht bemerkt.«
»Doch, ich hätte es. Ich hätte es bemerkt, ohne es zu bemerken, sozusagen. Genauso, wie Sie es bemerken, wenn eine Tür schlägt und jemand hinausgeht.«
Sir Edward änderte seine Meinung. »Das sind drei, von denen wir gesprochen haben. Aber da ist noch ein Vierter. War Mr. Matthew Vaughan gleichfalls oben?«
»Nein, er war in dem kleinen Zimmer direkt nebenan und schrieb auf der Maschine. Das kann man hier hören. Die Maschine stand nicht für einen Moment still. Nicht für einen Moment, Sir, das kann ich beschwören. Das Tippen kann einen schrecklich nervös machen, nebenbei gesagt.«
Sir Edward schwieg eine Weile, dann fragte er: »Sie haben sie gefunden, nicht wahr?«
»Ja, Sir. Lag da in ihrem Blut. Und niemand hat einen Ton gehört, wegen des Lärms von Mr. Matthews Schreibmaschine.«
»Wenn ich Sie recht verstehe, sagten sie, daß niemand das Haus betrat?«
»Ja. Wie sollte das auch geschehen, ohne mein Wissen? Die Türglocke läutet hier drinnen. Und es gibt nur die eine Tür.«
Er sah ihr direkt ins Gesicht. »Sie waren Miss Crabtree sehr zugetan?«
Ein warmes Leuchten erhellte Marthas Züge. »Ja, das war ich, Sir. Aber für Miss Crabtree ... nun, ich werde alt, und es macht mir nichts mehr aus, darüber zu sprechen. Ich kam in Schwierigkeiten, Sir, als ich ein junges Mädchen war, und Miss Crabtree stand mir bei, nahm mich wieder in ihren Dienst, als alles vorbei war. Ich hätte mein Leben für sie gegeben, ich hätte es wirklich getan.«
Sir Edward erkannte Aufrichtigkeit. Martha war aufrichtig.

»Soviel Sie wissen, kam also niemand durch die Haustür?«
»Es hätte niemand kommen können.«
»Ich sagte, soviel Sie wissen. Aber wenn Miss Crabtree jemanden erwartet hätte – wenn sie diesem Jemand selbst die Tür geöffnet hätte . . .«
»Oh!« Martha schien überrascht zu sein.
»Das wäre doch möglich, Sir, aber es ist nicht sehr wahrscheinlich. Ich meine . . .«
Martha war offensichtlich sehr erschrocken. Sie konnte es nicht in Abrede stellen, und doch hätte sie es gern getan. Warum? War es, weil sie wußte, daß die Wahrheit anders aussah? Die vier Personen im Haus – war einer von ihnen schuldig? Wollte Martha diesen Schuldigen schützen? Hatte die Treppe doch geknarrt? Hatte sich jemand verstohlen heruntergeschlichen und Martha wußte, wer es war? Sie selbst war ehrlich, davon war Sir Edward überzeugt.
Er ließ nicht locker und beobachtete sie dabei. »Miss Crabtree könnte dies doch getan haben. Das Fenster des Zimmers geht auf die Straße hinaus. Sie könnte gesehen haben, daß derjenige, auf den sie wartete, ankam, ging hinaus in die Halle und öffnete ihm – oder ihr – die Tür. Vielleicht wollte sie sogar, daß niemand diese Person sah.«
Martha war verwirrt. Schließlich sagte sie widerstrebend: »Ja, Sie mögen recht haben, Sir. Daran habe ich nicht gedacht. Daß sie einen Herrn erwartete – ja, das könnte sein.« Es schien, als ob sie in dieser Idee Vorteile zu entdecken begann.
»Sie waren die letzte Person, die Miss Crabtree sah, stimmt das?«
»Ja, Sir. Nachdem ich das Teegeschirr abgeräumt hatte. Ich brachte ihr die quittierten Einkaufsbücher und den Rest von dem Geld, das sie mir gegeben hatte.«

»Hatte sie Ihnen das Geld in Fünfpfundnoten gegeben?«
»Eine Fünfpfundnote, Sir«, sagte Martha mit erschrockener Stimme. »Die Lebensmittelrechnungen waren nie höher. Ich bin sehr vorsichtig.«
»Wo bewahrte Miss Crabtree ihr Geld auf?«
»Das weiß ich nicht genau, Sir. Ich würde sagen, daß sie es mit sich herumtrug – in ihrer schwarzen Samttasche. Natürlich kann sie es aber auch in einer der verschlossenen Schubladen in ihrem Schlafzimmer aufbewahrt haben. Sie hat sehr gerne Dinge weggeschlossen, obwohl sie oft die Schlüssel verlor.«
Sir Edward nickte. »Sie wissen nicht, wieviel Geld sie hatte – in Fünfpfundnoten, meine ich?«
»Nein, Sir, ich könnte nicht sagen, wie hoch der Betrag war.«
»Und sie sagte nichts zu Ihnen, woraus Sie annehmen konnten, daß sie jemanden erwartete?«
»Nein, Sir.«
»Sind Sie ganz sicher? Was hat sie denn genau gesagt?«
Martha überlegte. »Ja ... sie sagte, daß ich ein Viertelpfund Tee zuviel verbraucht hätte; und dann, daß Mrs. Crabtree schrecklich albern wäre, weil sie keine Margarine essen wolle; und einer der Sixpences, den ich zurückgebracht hatte, gefiel ihr nicht – einer von der neuen Sorte mit den Eichenblättern drauf – sie meinte, er wäre falsch, und ich hatte große Mühe, sie vom Gegenteil zu überzeugen. Und sie sagte ... ja, daß der Fischhändler Schellfisch anstatt Weißfisch geliefert hätte, und ob ich ihm das gesagt hätte, und ich sagte ja; und ... ich glaube, das war alles, Sir.«
Marthas Erzählung hatte Sir Edward das Wesen der Verstorbenen besser erläutert, als es jede andere detaillierte Beschreibung vermocht hätte. Beiläufig sagte er: »Eine ziemlich schwierige Herrin, stimmt's?«
»Ein bißchen umständlich, aber, meine Güte, sie ging

nicht oft aus, und so eingesperrt, wie sie war, brauchte sie irgend etwas, um sich aufzumuntern. Sie war peinlich genau, aber gutmütig – kein Bettler ging von ihrer Tür ohne irgend etwas. Schwer zufriedenzustellen mag sie ja gewesen sein, aber eine wirklich wohltätige Dame war sie.«
»Ich bin froh, Martha, daß sie wenigstens einen Menschen hinterläßt, der ihr nachtrauert.«
Die alte Köchin hielt den Atem an. »Sie meinen ... aber, sie haben sie doch alle gern gehabt, wirklich, wenn sie's auch nicht so zeigten. Hin und wieder hatten sie alle schon mal eine Meinungsverschiedenheit mit ihr, aber das hat doch nichts zu sagen.«
Sir Edward hob den Kopf und lauschte. Von oben kam ein Knarren.
»Das ist Miss Magdalena, die herunterkommt.«
»Woher wissen Sie das?« fragte er schnell.
Die alte Frau errötete. »Ich kenne ihren Schritt«, stotterte sie. Sir Edward eilte hinaus. Martha hatte recht. Magdalena war gerade am Fuß der Treppe angelangt. Sie sah ihn hoffnungsvoll an.
»Ich bin kaum weitergekommen«, sagte Sir Edward, ihren Blick beantwortend, und fügte hinzu: »Sie wissen nicht zufällig, welche Briefe Ihre Tante am Tag ihres Todes erhielt?«
»Sie liegen noch alle zusammen. Die Polizei hat sie natürlich schon durchgesehen.«
Sie führte ihn in das große Wohnzimmer, schloß eine Kommode auf und entnahm ihr eine große schwarze Samttasche mit einer altmodischen Silberschnalle. »Das ist Tantes Tasche. Es liegt alles noch genauso drin wie am Tag ihres Todes. Dafür habe ich gesorgt.«
Sir Edward dankte ihr und begann, den Inhalt der Tasche auf dem Tisch auszubreiten. Sie war, dachte er sich, das typische Beispiel für eine einer exzentrischen alten Dame

gehörenden Handtasche. Er fand Wechselgeld, zwei Pfefferüsse, drei Zeitungsausschnitte, ein vor Rührung triefendes gedrucktes Gedicht über die Arbeitslosen, einen *Old Moore's Almanach,* ein großes Stück Kampfer, zwei Brillen und drei Briefe. Einen ziemlich versponnenen von jemanden, der sich »Kusine Lucy« nannte, eine Rechnung für eine Uhrreparatur und den Bettelbrief einer Wohlfahrtsorganisation.
Er sah sich alles sehr sorgfältig an, dann räumte er die Tasche wieder ein und gab sie Magdalena mit einem Seufzer zurück. »Ich danke Ihnen, Miss Magdalena. Leider ist hier auch nicht viel zu finden.« Er stand auf, überzeugte sich, daß man vom Fenster einen guten Blick auf die Vordertreppe hatte, und ergriff dann Magdalenas Hand.
»Sie wollen schon gehen?«
»Ja.«
»Aber wird ... wird alles in Ordnung kommen?«
»Niemand, der mit dem Gesetz zu tun hat, wird sich jemals zu so einer vorschnellen Aussage verleiten lassen«, sagte Sir Edward ernst und verabschiedete sich.
Gedankenverloren ging er nach Hause. Die Lösung des Rätsels mußte in Reichweite liegen, doch er hatte sie noch nicht entdeckt. Irgend etwas fehlte noch, nur eine Kleinigkeit, um ihn auf die richtige Spur zu bringen.
Eine Hand legte sich plötzlich auf seine Schulter, und er zuckte zusammen. Es war Matthew Vaughan, etwas außer Atem.
»Ich habe Sie gesucht, Sir Edward, um mich für mein unhöfliches Verhalten vorhin zu entschuldigen. Es tut mir leid, aber ich war nicht in der besten Gemütsverfassung. Ich freue mich, daß Sie sich um die Sache kümmern. Fragen Sie mich, was Sie wollen. Wenn ich Ihnen in irgendeiner Form helfen kann ...«
Sir Edwards Haltung versteifte sich plötzlich. Sein Blick war fest auf etwas gerichtet, nicht auf Matthew, sondern

auf etwas auf der anderen Straßenseite. Leicht verwundert wiederholte Matthew: »Wenn ich Ihnen in irgendeiner Form helfen kann . . .«
»Das haben Sie bereits getan, lieber junger Freund«, erwiderte Sir Edward, »indem Sie mich an diesem ganz bestimmten Punkt anhielten und meine Aufmerksamkeit auf etwas lenkten, was mir sonst bestimmt entgangen wäre.« Dabei zeigte er auf ein kleines Restaurant auf der anderen Straßenseite.
»*Die vierundzwanzig Amseln?*« fragte Matthew verwundert.
»Genau.«
»Das ist ein merkwürdiger Name – aber man kann dort ganz gut essen, glaube ich.«
»Auf den Versuch würde ich es nicht ankommen lassen«, sagte Sir Edward. »Zwar bin ich von den Tagen meiner Kindheit weit entfernt, doch erinnere ich mich vermutlich an meine Kinderverse besser als Sie, junger Freund. Da gibt es eine Art Klassiker, der, wenn ich mich recht erinnere, so lautet: ›Sing' ein Lied vom Sixpence, die Tasche voll mit Korn; vierundzwanzig Amseln, die waren bald verlor'n.‹ Der Rest interessiert uns nicht.« Er drehte sich auf dem Absatz herum.
»Wohin gehen Sie?« fragte Matthew Vaughan.
»Zurück in Ihr Haus, mein Freund.«
Schweigend gingen sie zurück. Matthew warf hin und wieder einen verwunderten Blick auf seinen Begleiter. Als sie das Haus betreten hatten, ging Sir Edward zu der Kommode, nahm die Samttasche heraus und öffnete sie. Er blickte Matthew an und der verließ widerwillig das Zimmer.
Sir Edward schüttete das Wechselgeld auf den Tisch. Dann nickte er. Seine Erinnerung hatte ihn nicht getäuscht. Er stand auf und läutete. Dabei verbarg er etwas in seiner Hand. Auf das Läuten meldete sich Martha.
»Sie erzählten mir doch, Martha, wenn ich mich recht er-

innere, daß Sie eine kleine Meinungsverschiedenheit mit Ihrer verstorbenen Herrin wegen eines der neuen Sixpences hatten?«
»Ja, Sir.«
»Aha! Aber das Merkwürdige ist, daß unter diesem Wechselgeld sich kein neuer Sixpence befindet. Hier sind zwei Sixpences, aber sie stammen beide aus der alten Serie.«
Martha starrte Sir Edward verwirrt an.
»Verstehen Sie, was das bedeutet? Jemand kam an diesem Nachmittag ins Haus – jemand, dem Ihre Herrin einen Sixpence gab – vermutlich im Austausch dagegen...«
Mit einer raschen Bewegung hielt er ihr die Knittelverse vor die Augen. Ein Blick in ihr Gesicht genügte. »Das Spiel ist aus, Martha. Sie sehen, ich habe es durchschaut. Sie können jetzt ruhig alles gestehen.«
Martha sank auf einen Stuhl. Tränen liefen ihr übers Gesicht. »Es ist wahr... es ist wahr... Die Türglocke hatte nicht richtig geläutet – ich war nicht sicher. Aber dann dachte ich, daß ich besser doch mal nachsehe. Ich öffnete die Tür, als er sie gerade niederschlug. Das Bündel mit den Fünfpfundnoten lag vor ihr auf dem Tisch – das hatte ihn dazu gebracht, sie umzubringen – das und die Annahme, sie wäre allein im Haus, weil sie ihm selbst geöffnet hatte. Ich konnte nicht einmal schreien, so gelähmt war ich. Und dann drehte er sich um – und ich sah, daß es mein Junge war...
Er ist schon immer schlecht gewesen. Er hat von mir immer alles Geld bekommen, das ich nur übrig hatte. Zweimal hat er schon im Gefängnis gesessen. Er muß wohl gekommen sein, um mich zu besuchen, und als Miss Crabtree merkte, daß ich die Tür nicht öffnete, tat sie es selbst. Er war überrascht und zog eins von seinen Arbeitslosengedichten heraus, und die Herrin, immer wohltätig, ließ ihn herein und gab ihm einen Sixpence. Und

die ganze Zeit lag das Bündel Geldscheine auf dem Tisch, wo es gelegen hatte, als ich mit ihr abrechnete. Und dann überwältigte der Teufel meinen Ben, und er schlich sich hinter sie und schlug sie nieder.«
»Und dann?« fragte Sir Edward.
»Oh Sir, was konnte ich tun? Mein eigen Fleisch und Blut! Sein Vater war ein schlechter Mensch, und er gerät nach ihm – aber er ist doch mein Sohn! Ich schob ihn schnell hinaus und ging in die Küche zurück. Dann ging ich zur gewohnten Zeit hinein, um für das Abendessen zu decken. Glauben Sie, daß es sehr schlecht von mir war, Sir? Ich habe mich bemüht, Sie nicht zu belügen, als Sie mir Ihre Fragen stellten.«
Sir Edward stand auf. »Meine arme Frau«, sagte er voller Mitleid. »Sie tun mir sehr leid. Trotzdem muß das Gesetz seinen Weg gehen, das wissen Sie.«
»Er ist ins Ausland geflohen, Sir. Ich weiß nicht, wo er ist.«
»Dann mag er vielleicht eine Chance haben, dem Galgen zu entgehen. Aber bauen Sie nicht darauf. Bitten Sie jetzt Miss Magdalena herein!«
»Oh, Sir Edward, wie wundervoll ist das – wie wundervoll sind Sie!« rief Magdalena aus, als er seinen kurzen Bericht beendet hatte. »Sie haben uns alle gerettet. Wie kann ich Ihnen jemals danken?«
Sir Edward lächelte sie an und tätschelte zart ihre Hand. Er fühlte sich großartig. Die kleine Magdalena war so reizend auf der *Siluric* gewesen, so entzückend in der Blüte ihrer siebzehn Jahre! Natürlich war das jetzt vorbei.
»Das nächste Mal, wenn Sie einen Freund nötig haben...«
»...komme ich sofort zu Ihnen.«
»Nein, nein«, rief Sir Edward erschrocken. »Das ist genau das, was Sie nicht tun sollen. Gehen Sie zu einem jüngeren Mann!«

Gewandt entzog er sich den Dankbarkeitsbezeugungen der Familie, ließ ein Taxi kommen und sank mit einem Seufzer der Erleichterung in die Wagenpolster.
Selbst der Charme einer taufrischen Siebzehnjährigen schien fragwürdig zu sein. Mit einer wohlsortierten Bibliothek über Kriminalistik konnte er jedenfalls nicht konkurrieren.
Das Taxi bog im Queen Annes Close ein – seiner Sackgasse.

Inhalt

Miss Marple erzählt eine Geschichte	5
Ein seltsamer Scherz	16
Die Stecknadel	33
Die Hausmeisterin	51
Die Perle	67
Die Uhr war Zeuge	83
Der Stein des Anstoßes	109
Ein guter Freund	130

Agatha Christie
Meisterhafte Morde
Kurz-Krimis der Queen of Crime
Band 16801

Dreizehn brillante Erzählungen von der Spitzenautorin des Spannungsfachs!

Darunter »Zeugin der Anklage«, von Billy Wilder mit Marlene Dietrich unvergesslich verfilmt und »Die Mausefalle«, die als Theaterstück in London über vierzig Jahre Abend für Abend zuschnappte. Ob beim spektakulären Mordprozess oder in der beschaulichen Welt einer kleinen Pension, stets lauert das Heimtückische und Ungewisse hinter dem Offensichtlichen und Harmlosen.

Meisterhafte Morde und rätselhafte Fälle aus der Feder der Queen of Crime!

Fischer Taschenbuch Verlag

Agatha Christie
Die Katze im Taubenschlag
Roman
Band 16826

Von der »Queen of Crime«

Die Erzieherinnen des vornehmen englischen Mädchenpensionats scheinen nicht gerade Persönlichkeiten zu sein, die das Kapitalverbrechen anziehen. Dennoch werden drei von ihnen kurz hintereinander ermordet. Wo liegt das Motiv hinter der Mordserie? Neiden sich die Kolleginnen gegenseitig ihre Stellungen? Gibt es dunkle Geheimnisse in ihren Lebensläufen? Oder ist eine der Schülerinnen aus feiner Familie die Ursache der tödlichen Attacken? Jede verdächtigt jede, die Gerüchte kochen hoch, bis Eltern ihre Töchter bereits aus der Schule nehmen. Schließlich macht eines der jungen Mädchen eine Entdeckung, die Hercule Poirot auf die richtige Fährte bringt.

Mord und Entführung im renommierten Mädchenpensionat!

Fischer Taschenbuch Verlag